荻野知聡《おぎのちさと》
「復讐屋」を生業とする青年。
かつては医者として多くの人の命を救っていたが、
異世界転生時に授けられた天職は「暗殺者」。
「お願いじまず！
ご飯を！
ご飯を恵んでぐだざい！
もう、みっがもだべでないんでずぅ！」
エレーナ・フォン・ハーン
路地裏で出会った「協会」なる組織に属する修道女。
ミルをいたく気に入っているが、
ミルからは大変嫌われている。

「〜〜〜〜〜」
食い終わってから喋《しゃべ》れという
俺の注意を守っているからか、
エレーナは必死に顎を動かして口の中のものを
飲み込もうとしているが、

その動作だけでは、
彼女が何を言いたいのか
理解できない。
……大方、『聖女』からの依頼を
聞きに行くのが気に入らないんだろうな。
ミル
常に知聡に寄り添う少女。
彼と深い信頼関係で結ばれており
「そーごほかんかんけー」が口癖。
その正体は[redacted]。

「知ってたんだろ？
フラウィウスが、もう死んでいるのを」
「そうですか。
気づいていたのですね、
チサト様」
エウラリア・バルメリダ
死者の声を聴くことができる「聖女」。
とある思惑を抱いて知聡に近づくことになるのだが――。

暗殺者は黄昏に笑う 3

Assassin Laughs at Twilight

Author + メグリくくる

Illust + 岩崎美奈子

Assassin Laughs at Twilight

CONTENTS 3

序　章　003

第一章　016

第二章　097

第三章　164

第四章　208

終　章　278

イラスト／岩崎美奈子

序章

「それで？　結果はどうだったんだ？」

　ミルと共に解体部屋から戻ると、ジェラドルは苛立《いらだ》たしげにそう言った。俺は肩をすくめて答える。

「どうもこうもない。見たまんまだよ。手持ちの装備品から、あの焼死体はニーネのものだと思っていいだろう。というか、遺体も炭化が激しく、かつ瓦礫《がれき》に押しつぶされてるから、それぐらいでしか判断できない」

　そう言うと、ジェラドルは悔しげに唇を噛《か》み締めた。

「やっぱり、そうか。だとすると、あいつの隣で死んでいた奴《やつ》が、ニーネを殺したのか？」

「あるいは、ニーネと同じく、被害者の可能性もある。だがその場合、犯人はあの廃墟《はいきょ》となった教会に殺した死体を隠していたことになる」

「だがその場合、この状況で教会に火をつける必要性がないよな……」

「ああ。だからニーネとそいつは戦闘時に体に傷を負い、動けなくなった。そして教会に火がまわり、そのまま教会の中で延焼したんだと考えた方が妥当だろう」

「……つまり、ニーネは相打ちになった、ということか」

神妙な面持ちで、ジェラドルはその盗賊顔の顎をなぞる。

……まさか、こいつから直接、ニーネの死体の検死を依頼されるとはな。

解体部屋に鎮座してあるニーネ、そして《妖術師《ウイッチクラフト》》のイマジニットの死体を脳裏に思い浮かべながら、俺は内心苦笑いを浮かべる。

そんな俺に向かって、ジェラドルが問いかけてきた。

「チサト。お前、ニーネが死んでいた教会の東区画に住んでんだろ？　何か気になったことはないか？」

「おいおい、流石《さすが》に無茶言い過ぎだろ？　俺はそこまで万能じゃない。誰しも出来る事と出来ない事がある。その場にいなかった俺に、ニーネが救えたはずがないだろう？」


『嘘《うそ》つき』


その言葉《幻聴》に、俺は思わず振り向いてしまう。だが、そこには当然誰もいない。いないはずなのに、俺にしか見えない彼女の幻影が、その冷たい手を難なく俺の体に差し込み、心臓を、ゆっくり、ゆっくりと握りしめる。

その明らかな錯覚に、それでいて実際に感じる幻痛で額に僅かに冷や汗をかいている俺

を、ジェラドルが不思議そうな顔で見てくる。

「どうした？　何か思い出したことでもあったのか？」

「……いや、大したことじゃない。少し、隙間風を感じてね」

「はん！　そんなの、今に始まったことじゃねぇだろ」

そう言ってジェラドルは、腕を組む。

「しかし、『冒険者組合《ギルド》』に顔を見せなくなったニーネは、何だってあんな所にいたんだ？」

「それこそ、わかりようがないだろ。死人に口なし。俺たちが、それを解き明かすことなんてできないよ」


『嘘つき』


今度は、先程よりはっきりと、その声が耳元で聞こえた。俺が手にかけた、あの《獣人《セリアンスロープ》》の少女の、俺を弾劾する声が。

……やっぱり、お前は俺を許しはしないよな。

元より許されるつもりもないが、ここでジェラドルに俺を不審がらせるわけにはいかない。これ以上、ニーネの死についてこいつを関わらせるわけにはいかないのだ。

全ては、ミルのために。彼女のために、俺は全てを捨て去ると決意したのだから。

無表情でこちらを見上げてくるミルに小さく頷《うなず》くと、今度は俺がジェラドルへ問いかける。

「逆に、お前はどう考えてるんだ？　ジェラドル。何故《なぜ》ニーネは、あの教会にいたんだと思う？」

「……今、ドゥーヒガンズで起こっている事件を追ってたんじゃないか？　と考えている」

事件というのは、つまり『吸血鬼《ヴァンパイア》』騒動、そして『幸運のお守り』のことだ。

ジェラドルの推察に、俺は内心称賛を送る。冒険者組合の使いっ走りだが、ただの使いっ走りで、かつ面倒見が良いというだけで新米『冒険者』からの人望が厚くなるわけがない。

こいつの勘の良さ、そして抜け目のなさは、あの《魔法使い《ウィザード》》大量誘拐事件を経て俺も認識している。

そんな盗賊顔に向かって、俺は少しでもニーネの死の真相に近づかせないよう、言葉を紡ぐ。

「新米『冒険者』のニーネが、単独で事件を追ってたって？　仲間を失ったばかりのあいつが、そんな簡単に単独行動をするか？　よしんば単独行動をしていたとして、何故殺される？　まさか、あいつが事件の真相に辿《たど》り着いたとでもいうのか？　その推測は、流石に無理筋だろ」

「そう、無理筋なんだよ、チサト。ニーネは、新米の『冒険者』だ。お前も言ってたよな？　もう一つ見つかった焼死体は、そんな新米に傷つけられたんだ」

……やっぱり、ジェラドルは侮れない。

こいつは、俺の言葉尻に感じる違和感ですら、見逃してはくれないみたいだ。

答えが喉元まで出かかっているのに、言葉にならない様なもどかし気な表情をしながら、ジェラドルは結論に辿り着けないまでも言葉を紡いでいく。

「新米『冒険者』のニーネが、相打ちになって死ぬ？　何故だ？　ニーネが殺されたのは、未熟だからということで納得はできる。だが、廃墟の教会で何かを企《たくら》む様な用心深い奴が、新米『冒険者』に致命傷を負わされるか？　油断があった可能性もあるが、それにしてはあの教会の跡地は、二人の死体しか見つからなかった。一対一の状況だ。やっぱり、何かおかしい。俺にはどうも、何か裏があるようにしか思えないんだ。それこそ、吸血鬼騒動や、『幸運のお守り』事件が関係しているような、そういう、何か大きな思惑が関係しているとしか、俺には思えない」

そう言いながらも、ジェラドルは自分の紡いだ言葉を元にして、更に自分の思考に沈んでいく。

事件について不審な所があれば、彼はどれだけ時間がかかったとしても、愚直に、そして誠実に、粘り強く調査し続けるのだ。

それは喩《たと》えるなら、自らの信仰に殉じる、殉じ過ぎる狂信者の様にも見える。自分が信じるに値すると思ったものについては、全身全霊、文字通り心血を注いで、ただひたすらにその道を突き進んでいく。

……まぁ、そういう粘着気質的な所も、ファルフィルから嫌われる要因の一つになっているみたいだが。

俺は苦笑いをして、ミルの頭を撫《な》でながら、口を開く。

「その可能性もあるかもしれないが、そうじゃない可能性も否定できない。さっきも言ったが、死んだ奴から話を聞けない以上、いくら考えても、憶測の域をでねぇよ」

「……チサト。ニーネが死んだっていうのに、冷てぇじゃねぇか」

俺の言葉を聞いたジェラドルが、その眼《め》に憤怒の感情を宿してこちらを睨《にら》みつける。

「姿が見えなくて、心配してたんじゃねぇのか？」

ジェラドルの瞳に射貫《いぬ》かれて、そしてその視線の先、俺の背後に感じる彼女の気配を意識してしまい、自分の中の押し殺してきた感情が溢《あふ》れそうになった。解剖部屋で横になっているはずの獣人が、ついさっき背後に感じたそいつが、盗賊顔の後ろに立っているように錯覚する。

僅かに唾を飲み込んだ時、俺の服が引っ張られた。視線を下に向けると、無表情の天使と目があう。その碧色《へきしょく》の瞳に自分の姿が映し出されたのを確認して、俺はなんとか平静を取り戻した。

肩をすくめながら、俺はジェラドルに向かって口を開く。

「『冒険者』なら、こういう事もあり得る。特に、新米『冒険者』なら、なおさらだ。そうだろう？」

そう言うと、ジェラドルは忌々しげに、そして露骨に舌打ちをした。

「けっ！　少しは人情味が出てきたかと思ったが、それは俺の勘違いだったみたいだなっ！」

「人情味を出せば金が入ってくるのなら、どれだけでも出すさ」

「……やっぱりテメェは、ただの死体漁《したいあさ》りだよっ！」

ジェラドルは二体分の検死の料金、千シャイナを机《テーブル》に叩《たた》きつけると、部屋を出ていく。

新米とは言え、不審死を遂げたニーネの調査費用として冒険者組合から金は出ているみたいだが、わざわざジェラドルが俺の所まで直接依頼を持ってきて、さらにその金を持って出向く理由がない。

ニーネについて、何か新たな情報を俺が見つけ出さないか、ジェラドルは直接俺の下へ確認しに来たのだ。

……でも、今回は俺を頼った時点でこの事件の真相は、迷宮入りだよ。

その後、俺の思惑通り、ニーネの殺害はその隣で死んでいた正体不明の人物、イマジニットの犯行だというのが冒険者組合の判断となるだろう。

その判断の根拠となったのは、俺の検死の結果が大きく影響を与えているというのは、今更言うまでもない。

それに、これからの冒険者組合は、俺ごときに時間を割く余裕はない。

何せ、まだ吸血鬼騒動は収まっていないのだ。その対応で、冒険者組合は暫《しばら》く手が離せないだろう。

ジェラドルは惜しい所までいっていたが、ニーネの死だけでなく、吸血鬼騒動と『幸運のお守り』事件が関係しているという事に気づけない限り、ドゥーヒガンズに来もしない吸血鬼の対応を冒険者組合としては優先せざるを得ない。『聖水《ホーリーウォーター》』が効かない吸血鬼が居る可能性を消せない限り、この町で人々が安心して暮らしていけないからだ。

そしてこの騒動は、まだもう少しだけ続くだろう。

……『霊的喪屍《ゾンビ》』を作るための道具《キット》一組が市場に出回っているうちは、まだ死亡者も出るだろうからな。

そうすればまた『幸運のお守り』が市場に流れ、冒険者組合はそちらの対応にも頭を悩ませる。なにせ、それを作り出した張本人である妖術師は、俺の解体部屋で寝っ転がっているのだから。

しかし、肝心の『人魂尊犯毒《クー・ド・プードル》』を作れるイマジニットが死んだ今、こうした騒動の収束も見えてきている。後は時間が解決してくれるだろう。

……ドゥーヒガンズで《天使族《エンジェル》》を見た、という話も聞かないしな。

『でも、アタシは見た』

……そうだ。だから、俺はお前を殺したんだよ。

嘆息していると、ミルがまた、こちらの服を引っ張った。

「におう」

「……わかってる」

イマジニットと、ニーネの死体を埋葬しなければならない。

届けられた遺体を捌《さば》き、漁り、何故死んだのか、どう死んだのか、誰に殺されたのかを暴き立て、曝《さら》け出す。検視で事件性を確認し、検死で具体的な死因や死亡状況を判断し、解剖して更に詳細な死因、死体の損傷を見つけ出す。生を死に転換し、生を謳歌《おうか》している者の命を奪い、死という終焉《しゆうえん》へ誘った相手を特定する。

そして依頼人が望めば、そうした相手もそうしてやる。そうする手伝いもしてやる。

誰を解体しても、俺のやることに変わりはないのだ。たとえそれが、俺自身が殺した相手だったとしても。

それが誰かの助けになりたいと、嘉与《かよ》を救いたいと医者になった俺がしている仕事だ。死体漁りと揶揄《やゆ》される仕事だ。

窓を見ると、もう日が沈み始めている。解剖部屋の掃除をし、俺はミルと共に遺体を共同墓地へ運んでいく。荷台に死体と円匙《シャベル》。脇には聖水と洋灯《ランプ》を抱えたミルが居る。いつも過ぎる風景だった。

■■■■■■■■■■■■■■■■■■■■■■■■■■■■

『お前の墓に眠るニーネの遺体を『聖女』様に診せてもらえないか？　金は払うからさっ！』


あの時俺は、上手《うま》く乗り切ったと思っていたのだ。

吸血鬼騒動と『幸運のお守り』への対応で、冒険者組合、そしてジェラドルは暫く手が離せない。そうこうしているうちに他の事件も舞い込んできて、ニーネの殺害に繋《つな》がる証拠などは完全に風化。そもそも解剖を俺が行っている時点で、事件の真相は闇の中へ葬り去られる。

そして事実、そうした方向に冒険者組合も動いていた。

そしてそのまま、そうなるはずだったのだ。

だがしかし、今の状況は、どうだ？　完全に想定外の方向へと進んでいる。

死者の声を聴けるという、『聖女』。

何だ？　その、反則的な存在は。死んだ後、その存在の声が聞こえるだなんて、一体どういう理屈で成り立つというのだろう？　まさかジェラドルの、あの熱狂的な信仰のような想《おも》いが、現実を歪《ゆが》めてしまったとでも言うのだろうか？　それとも、今まで俺が殺《あや》めてきた人たちの、ニーネの怨念なのだろうか？

そんな訳がないと思いながらも、そう考えずにはいられなかった。

だが、どれだけ愚痴を零《こぼ》したところで、現実は変わらない。

この世界は、アブベラントには、《魔法》がある。ＲＰＧの様な冗談みたいな、回復魔法みたいなものも存在する。

ならば同じように、冗談みたいに死者の声を聴けるという《魔法》や《技能《スキル》》もあるのだろう。本当に、この世界は、俺が《転生者《レインカーネーター》》としてやってきたこの異世界は、糞《くそ》ったれだ。

だから俺はまた今回も、この糞ったれの世界で、アブベラントで、苦痛にもがきながら、歯を必死に食いしばって、口から血を垂れ流しながらも、耐えなければならない。

ミル。

彼女と一緒に過ごす、平穏な日々のために。

彼女が過ごす、安住の地を求めて。

俺はこれから予想される、いや、それを上回って来るであろう、これから訪れる苦難の連続を、何が何でも乗り越えていかなければならないのだ。

そう、それはまるで。

次々に襲いかかる試練、その苦行に耐える、慇懃《いんぎん》な教徒のように。

第一章

照りつける太陽の光に僕は眉を顰《ひそ》めて、手を顔の上に持ってくる。風は吹いてはいるが熱風といえるもので、額から汗が滲《にじ》む。そして滲んだ瞬間に、その汗が沸騰しそうなぐらいの熱さになったと錯覚した。さらに風はあたりの砂漠土を舞い上げるので、皮膚に砂や小石が当たって不快感を増す。

今僕のいるカムルカフール共和国は、典型的な砂漠気候だ。

ウフェデオン大陸の北部に位置するカムルカフール共和国は、雨量の少ない、乾燥地帯でもある。今の時期は酷暑となるが、後半年もすれば昼と夜の気温差が激しくなり、朝晩の防寒対策が必須なほど冷え込むのだという。

砂を多く含む地面に足を取られながら、僕は額の汗を拭った。そして僕は顔を上げて、眼の前を歩く少年に問いかける。

「もうずいぶんと歩いたけど、目的地はまだ先なのかな？」

「何だよチサト。もうへばったのか？」

　そう言って、刺繡《ししゅう》の施された魔除宇装束《ソロチカ》を着込む、若草色の瞳をした《人族《ヒューマン》》の彼、ブライ・ブラヴァツキーがこちらを振り向いた。短めに切った薄花色の髪が僅かに揺れて、細身だが筋肉質な体を抱くように腕を組む。そして彼は、冗談めかしたように口を開いた。

「町で荒事を解決してたのを見て、あんたなら、と思ったんだけど、俺の見込み違いだったかな？」

「喧嘩《けんか》を仲裁するのと、慣れない猛暑の中を町外れまで、しかも長距離歩行するのだと、ずいぶん方向性が違うと思うんだけど……」

　そうぼやきながら、僕は革袋で出来た水筒を傾けて、水分補給を行う。冷たい、とはとても言えない水であっても、嚥下《えんげ》した時に感じる清涼感は、今この場では救いというほかない。口を拭う僕を見て、ブライは呆《あき》れたように笑う。

「喧嘩って、十人単位の殴り合いは、暴動や抗争って言ってもいいぐらいだぞ。それを喧嘩と言い切るなんて、どんな修羅場をくぐってきたらそんな事言えるようになるんだよ」

「どんな、って言われても……」

　僕がそう口にすると、どこからともなく声が聞こえてきた。


『た　す　け　て』

　いや、幻聴だ。僕は頭《かぶり》を振って、最後に見たフリッツの満足そうな笑顔を脳裏から追い出す。フリッツ殺しの罪を背負い、ロットバルト王国から、イオメラ大陸から、僕はウフェデオン大陸にあるカムルカフール共和国へやって来ていたのだ。もう、フリッツの様な悲劇を繰り返さないという、新たな決意と共に。今度こそ誰かを救いたいという、強まった自分の想いを抱えて。

僕は無理やり笑顔を作ると、歩みを進めながらブライに問いかける。

「それで、僕へ頼みたいっていうのは、町で起こったものの、さらに大きい喧嘩の仲裁、っていうので、いいんだよね？」

「ああ、そうさ。俺たち、『組織犯罪集団《マフィア》』同士の抗争の、な」

僕は町でその組織犯罪集団同士のいざこざに巻き込まれ、実力行使による仲裁を行った、というわけだ。そこで僕はブライに協力を乞われてここまでついてきたのだが、今更ながらに自分の中に疑問が浮かぶ。

「でも、何でその争っていた組織犯罪集団の片方の中心人物であるブライが、わざわざ部外者の僕なんかに仲裁を頼むんだい？　こういうのって、余所者《よそもの》を入れるのって、とても嫌がられるもんじゃないの？　もしくは入れても、余計に話が拗《こじ》れるものなんじゃないかな？」

「確かに、それも一理ある。そもそも、チサトに依頼する事の了承をこれからあいつに取るのが、かなり難しいと思うしな。でも、それ以上に俺はあんたの実力を買ってるんだよ。あれだけの大立ち回りだったのに、大きな怪我人《けがにん》が一人も出てないって、神業過ぎる。チサトが本気になれば、百人規模の抗争でもなんとか出来るんじゃないか？」

その言葉に、僕は曖昧に笑っただけで、言葉を紡ぐことはしなかった。

結論から言えば、百人規模ぐらいであれば、僕一人でどうにか出来るだろう。でもその場合、死人が出る可能性が高い。

フリッツを自分の手に掛けておいて今更かもしれないが、しかし、僕がやりたいのは、人殺しではなく、人を救うことだ。《暗殺者《アサシン》》の才能に塗《まみ》れていても、その想いだけは変えられない。

だから僕は、師匠のあの毒林檎《どくりんご》の様な笑みを自分の中から追い出す様に、まず争わなくていい方法を検討する。

「そもそも、何でブライたちはそんなに争っているんだい？　ブライたちが争ってる組織犯罪集団も、元々は同じ仲間だったんだよね？　話し合いで解決出来ないのかな？」

「……それが出来るなら、やってるさ。元を辿《たど》ると、俺たちの祖先は、難民としてカムルカフール共和国にやって来たんだ。ニーターナサ教を信仰していたんだが、多神教というのもあって、祖先たちの中でも月日が経《た》つごとに何を大切にするのか？　という考え方が変わっていってね。信仰のあり方の違いが、そのまま組織の違いとなって、現在は俺たちラワュシァヴサバと、ナラヤンが率いるジムタピルサーカという組織犯罪集団に分かれて存在している、というわけさ」

ブライにそう言われて、僕は彼から聞いたニーターナサ教の事を思い出す。ブライたちラワュシァヴサバ、そして彼らが争っているジムタピルサーカという組織の行動理念に紐《ひも》づいている、その信仰の根底にあるのは、困難に立ち向かう事を肯定する考え方だ。

自分たちの目の前に現れた困難に打ち勝てば、その褒美として神々から恩恵を得られると彼らは信じており、進んで難しい課題に取り組んでいく事を推奨している。それだけ聞けば何も害がなさそうな教えな気もするが、ここで言う困難とは、ありとあらゆる困難が該当するのだ。

例えばそう、強敵に挑まなければならない状況も、困難に該当してしまう。

「だからって、町中で喧嘩をするのはどうかと思うけど？　流石《さすが》に喧嘩っ早すぎるんじゃない？」

「しょうがないだろ？　そういう気質なんだよ。それにその気質があったから、俺たちの祖先が、難民として最初にこの国で食っていくために組織犯罪集団っていう形を勝ち取れたんだから」

そう言いながらも、ブライの顔には苦々しい表情が浮かぶ。

「でも、流石にこのまま組織犯罪集団をずっと続けていけるだなんて、俺たちも思っていないよ。一つだったらまだしも、二つに分離して、しかも互いに争っていたんじゃ、共倒れになるのは時間の問題だからな。だからラワュシァヴサバは、今必死に変わろうとしてるんだよ」

ブライの言葉に、僕は大きく頷《うなず》いた。どこの大陸や国にも、大小様々だが組織犯罪集団は存在している。

しかし、組織犯罪集団という組織は、致命的なまでにニーターナサ教の考え方とあっていない。元々この宗教の教えは、暴力や罪を犯すためのものではなく、むしろそうならない状況を困難の中でも作ったり、行動として振る舞ったりする事が本質にあるはずだ。そうした信仰と現実の矛盾も、信仰的な違いを生む一因となってしまったのだろう。その結果、ブライたちの組織は過去に分かれてしまった。そして現在、彼らはその祖先の煽《あお》りを受けるように、互いに潰し合いをする羽目になっている。

そして、彼らが追い詰められている原因は、それだけではない。

……町の喧嘩を僕が収めた後も、すぐに冒険者組合《ギルド》の警邏《けいら》に追いかけられていたからね。

犯罪組織を、冒険者組合が見逃し続けるわけがない。ブライたちが組織犯罪集団を続ける限り追われる身となり、争いは終わらないだろう。それを困難と見立てて、カムルカフール共和国の冒険者組合を乗り越えたとしても、その先はウフェデオン大陸中の冒険者組合が威信をかけて討伐に乗り出してくる未来しかない。そうなれば、ブライたちの破滅は避けられないのだ。

つまり、そう遠くない未来に、ブライたちは絶滅する定めとなっている。

「だからまずチサトの力を借りて、二つに分かれた俺たちを、一つにまとめたいんだよ」

歩みを進めながら、僕はそれ以外の可能性にも言及しておく。

「ブライたちだけ先に組織犯罪集団を辞めて、堅気に戻ったらどうなの？　それなら君たちはこれから先組織犯罪集団として争うこともなくなるし、冒険者組合から追われることもなくなるよ」

「はぁ？　そんな楽な道歩めるかよ。元とは言え、仲間は仲間だからな。辞める時は、皆で辞めないと意味ないだろ。それは、これから会いに行くあいつも、他の皆も同じ考えなはずさ」

ブライに当たり前のようにそう言われて、僕は少しだけ笑った。自分たちだけが楽になる方法を選ばず、それでいてかつての仲間を救おうとする、その気高さと志。そして、それを共有できる仲間がいるブライたちの事が眩《まぶ》しくて、一人で自分の才能に悩み、足掻《あが》く僕には、彼らが羨ましかったのだ。

確かにこれは、僕向けの依頼なのかもしれない。殺しの才能しか持ち合わせていないが、それで彼らに待ち受けている未来の悲劇を救えるのであれば、僕は喜んでこの力を使おう。

「わかったよ。ラワユシァヴサバとジムタピルサーカの仲裁、引き受けるよ」

「本当かい？　それはよかった。後は、あいつの了承を得るだけだな」

「……そういえば、さっきから言っているあいつって、誰のことなんだい？　ブライは組織の中心人物だって、君から聞いていたけど」

「ああ、それは事実だよ。でも、本当に俺たちのラワユシァヴサバが一つにまとまっていられるのは、俺の姉の存在が大きいんだ。その姉の補佐、実質的な組織運営を行っているから、弟の俺がラワユシァヴサバの中心人物であることは間違いない。でも、組織犯罪集団としての意思決定権は、俺は持ってないんだよ。あ、見えてきたぞ」

ブライが指さした方に、緑地が見える。樹木が生えるその傍《そば》に、泉のようなものも見えた。

「ああいう肥沃な土地《オアシス》が、大きさは違うけど、町から離れたこの辺りの砂漠には結構あるんだよ。俺たちはそこを転々としながら生活してるんだ」

肥沃な大地に辿り着くと、その入口で魔除宇装束を着た一人の女性が僕たちを待ち受けていた。若草色の瞳に、短めの薄花色の髪。そして、ブライと瓜二《うりふた》つの顔と体形から、僕は彼女がブライの姉だと確信する。

ブライは、双子の姉弟だったのだ。

「ああ、サフィ。丁度いい所に」

ブライの姉、サフィは弟の方に小走りにやってくると、不安そうにブライを見上げる。

「ブライ。どこに行っていたのですか？　またジムタピルサーカと戦いになったと聞いて、心配していたのです」

そこまで言って、サフィが僕の方を振り向いた。

「あの、ブライ？　こちらの方は？」

「そのジムタピルサーカとの抗争を収めてくれた、チサトだよ」

改めて僕に向き直ったサフィが、こちらに向かって深々と頭を下げる。

「それはそれは。弟が大変お世話になりました」

「聞いてくれ、サフィ。チサトなら、ジムタピルサーカとの抗争を終わらせられるかもしれない。だからこのままチサトの力を借りて、ラワュシァヴサバとの仲裁を依頼したいんだけど」

「……なんですって？」

今まで穏やかな表情を浮かべていたサフィの様子が、おかしい。俯《うつむ》き、硬い声色となった彼女が、弟へ再度口を開く。

「……今、なんと言いましたか？　ブライ。この方の、力を借りる？　まさか、ジムタピルサーカと抗争を起こすつもりじゃないですよね？」

やはりこうなるのか、という様な表情を浮かべながら、ブライはおもちゃをねだる子供に言い聞かせるように、口を開く。

「もちろん、俺は積極的にこっちから戦おうとは思っていないよ。でも、あいつらと何事もなく言葉が交わせるとは思ってない。それはサフィもそう思うだろ？　だから何かあった時の抑止力として、チサトに協力を依頼しようと――」

「許しませんっ！」

ブライの言葉を遮り、サフィが急に大声を上げる。華奢《きゃしゃ》な体でどうしたらそんな声量が出せるのかと僕が疑問に思っている間もなく、サフィは鬼のような形相を浮かべて、弟へと食って掛かった。

「私たちラワュシァヴサバの根底には、ニーターナサ教の大切な教えがあるのです！　降りかかる困難については皆で協力して立ち向かい、打ち勝つことで、手を取り合えた人全てと神々からの恩恵を分けあおうというのが、私たちの考え方のはずです！」

サフィの瞳の中には、強い意志の光が宿る。その根底にあるのはブライに聞いていた彼らの信仰心だと僕は気づくが、それが宿っているのはブライも同じだった。彼も引く気はないらしく、双子の姉に向かって言葉を発する。

「それはわかってるよ、サフィ。だからチサトの力を借りて、この困難に打ち勝とうとしてるんじゃないか！」

自らの信じる道、その在り方について言い合いを始めたブラヴァツキー姉弟の声につられてか、何だなんだと肥沃な大地からラワュシァヴサバの人々が集まってくる。

そうした周りの様子を気にする余裕もないのか、サフィはブライに指を突きつけた。

「いいえ、ブライはわかっていません！　この困難は、私たちラワュシァヴサバとジムタピルサーカの二つが乗り越えるべき困難です！　互いに手を取り合い、助け合うべき存在だというのに、何故《なぜ》戦うことが前提となっているのですかっ！」

「サフィこそ、何を言ってるんだよ！　ジムタピルサーカとはもう何度もやりあってるじゃないか！　今更戦うことを想定外に考えて物語を進めることなんて出来ないよ！」

「いいえ！　協力し合う人同士での争いこそ、不毛なのです！　むしろ、ブライの言っている、その争うことを前提としている考え方こそ、私たちが本当に乗り越えるべき困難ではないのですか？　それこそが真に心が豊かで、そして強いということなのではないですか？　せっかくのその困難を乗り越える機会を放棄するなんて、ありえません！」

一見、サフィの言葉は明瞭で清涼で醇正《じゆんせい》な様にも聞こえる。だが、少しでも世の中の現実を知っていれば、それが絵空事だというのは、幼子にだってわかるというものだろう。

実際に、周りの人たちも、ブライと同じく呆《あき》れたように口を開く。

「あー、また始まったのかい？　サフィちゃん」

「そうみたい。ブライも大変だよな。毎回争い事なしで物事を進めることを求められるんだから」

「そうそう。さっきもブライを心配して肥沃な大地の入口で待ってたけど、あれ、ブライたちがジムタピルサーカに暴力を振るってないかを心配してたんだよね」

「でも、サフィの技能《スキル》は信じられないぐらい強力だよ。彼女の力で俺たちが救われたのは、一度や二度じゃない」

「流石、姉弟揃《そろ》って《天職《クラス》》が《巫覡《シャーマン》》なだけはあるよな！」

「だからこそ、姉の方の普段の残念感が際立つのよねぇ」

「そうそう、やれば出来る子なのに」

「な、何なんですか皆さん！　そうやっていつも私を馬鹿にしてっ！」

周りの声に気づき、一転サフィが半泣きになりながら辺りを見回す。だが彼女と同じ顔のブライは、特大の溜息《ためいき》を吐《つ》いた。

「しょうがないよ。組織犯罪集団《マフィア》の意思決定権を持ってるのが、こんな甘ちゃんなんだからさ」

「あ、甘ちゃんっ！」

サフィは雷に打たれたように体を震わせて、違いますよね、とでも言うように、周りの人々に視線を送る。だがしかし、そんな彼女に全面的に賛同してくれる人たちはいないようだ。それに気づいたサフィはどういうわけか、八つ当たりでもするかの様に、今度は僕の方を睨《にら》みつける。

「あ、あなたも、皆と同じで、わ、私のことそう思ってるんでしょ！」

「え？　あ、いや、僕は、別に――」

「ど、どんな事を言われても、私は考えを変えませんからね！　ぜ、絶対、争わなくても皆で幸せになれる未来が来るんですからっ！」

僕が何か口にする前に、サフィは肥沃な大地の中へと涙目で戻っていく。彼女が立ち去った後で、周りの皆が小声で話し始めた。

「でも、ああいう理想を掲げるやつが組織にいないと、やっぱり張り合いがないよな」

「そうねぇ。理想を求めずに、すぐに諦めちゃうのも違うと思うし」

「身内に一番の困難がいるっていうのも、俺たちらしいっちゃらしいけど」

「まぁ何にせよ、ブライはこの後頑張ってねぇちゃん慰めとけよ？」

「わかってるよ」

ブライはそう言って、苦笑いを浮かべた。

彼らがサフィの事を甘ちゃんと言ったように、僕自身も彼女の考え方は机上の空論でしかないと思っている。

でもその一方で、サフィが言ったように、誰もが争わずに過ごせるのであれば、それが一番いいとも思う。

それがラワュシァヴサバの人々もわかっているから、先程はサフィに全面的に同意をしなかったのだ。全面的に同意しなくとも、部分的には共感しているのだろう。だからこそきっと、この組織の中心にいるのは現実を見据えるブライではなく、理想を語れるサフィなのだ。彼らの言葉からも、彼女のことを嫌っている人はいないように思えた。

ロットバルト王国を出てから、たまに考えることがある。もし嘉与《かよ》の件を、フリッツの件を、僕だけでなく、僕と一緒に乗り越えてくれる人がいたら、違った結果が待っていたんじゃないだろうか？って。全部一人で抱え込まずに、他に協力してくれる人たちがいたら、未来は何か変わっていたんじゃないか？って。

……でも、それは難しかったろうな。

嘉与の死は、協力者がいてもどうにもならなかった。あの時の出来事を、あの地震をどうにかする事なんて、それこそ神様じゃなければ出来やしないだろう。

そしてフリッツの死は、そもそも誰かに話せているのであれば、僕がロットバルト王国を逃げ出す必要もなかった。

結局、全部一人でやるしかなかったのだ。

そう思いながら、改めて周りを見回す。

……この組織は、ラワュシァヴサバは、良い組織だな。

理想を掲げる人もいて、それを支えてくれる人たちもいる。

どんな結末を迎えるかはわからないけど、僕には少しだけ、甘ちゃんと呼んでくれる人がいるサフィの事を、甘ちゃんと呼べる理想をまだ掲げられる彼女の事を、羨ましく思った。

■■■■■■■■■■■■■■■■■■■■■■■■■■■■

あまりの硬さに、俺は思わず顔をしかめた。

手のひらから伝わってくるのは、硬いものを削っていく感触。押して、引いてと鋸《のこぎり》を動かすが、中々刃は進んでくれない。額に汗を滲《にじ》ませながら、悪戦苦闘を繰り返す。すると、空気が動いて風が生まれ、微《かす》かに清涼感を感じた。

風の吹いてきた方に目を向けると、ミルが窓を開けてくれたらしい。夜風に誘われるように、蠟燭《ろうそく》が起こしたすすの匂いと、俺が鋸を動かしていたそれ、『復讐《ふくしゅう》屋』に届けられた死体から漂ってくる死臭が、静かな夜空の下へと運ばれていく。

「かいぼー、じゅんちょー？」

「……いや、まだ、ちょっとかかりそうだよ。ミル」

「そう」

淡々とそう言うと、天使の少女は特に表情を変えることもなく、洋灯《ランプ》を手にして俺の隣までやってくる。洋灯に照らされた彼女の瞳に、寝台《ベッド》に横たわる死体、その頭部に刺された鋸が映し出されていた。

……電動鋸があれば、もう少し楽ができたんだろうが。

かと言って、《切除《レセクション》》だと強力すぎて、頭部そのものが吹き飛んでしまう。全く、殺すという才能があり過ぎるのも、考え物だ。

そんな事を思いながら、俺はまた手に力を入れて、鋸を押して、引いて、遺体の頭部、頭蓋骨を切り開いていく。やがて前頭骨を削る時に感じる抵抗感が僅かに薄れて、俺はそこで遺体の頭部の向きを変えた。そして今度は、前頭骨から頭頂骨へ向かって鋸を走らせる。こめかみ辺りの肉を引き切る感触と鉄の臭いがして、すぐにまた骨を削る感触が、鋸から伝わってくる。

これほど苦労して解体作業を行っている理由は、偏《ひとえ》に運び込まれた死体の脳の状態を確認する必要があると判断したためだ。遺体の首から下の部位については既に調べ終えているのだが、その結果、頭部、その頭蓋の中の脳を調べる必要があると判断したのだ。

ミルが差し出してくれる手巾《ハンカチ》を受け取り、俺は額から流れ落ちる脂汗を拭う。手巾を解剖部屋の脇に備え付けた籠に放り投げながら、俺は改めて運ばれてきた遺体を見下ろした。

寝台の上には、白い肌に落ち窪《くぼ》んだ目の《妖人《エルフ》》の男性が横たわっている。

生前はブリード・マティズィと呼ばれていた彼の瞳は既に光を宿すこともなく、俺が頭部を鋸で切断しようとしているせいで、寝台の周りにブリードの金髪が散り散りになっていた。それが鋸から滴り落ちた鮮血に塗《まみ》れていており、食欲が僅かばかりも湧いてこない唐辛子番茄麺麭《アラビアータ》の様になっている。

試行錯誤の末、どうにか俺は頭蓋骨の周りに歪《いびつ》な一本線を引き終え、その中身を開封する準備を整えた。溜息を吐きながら、手にした鋸を寝具に立てかける。

そして俺は、手にした解剖刀《メス》で、ブリードの頭の中をゆっくりと解剖《開いて》していった。開いた頭蓋の中には、巨大な白子の様な物が脳漿《のうしょう》に浸されている。しかし、その状態を確認しただけでも、この脳が通常とは違う状態であるというのが、一目でわかった。大脳を見ただけでも、随分と通常よりも大きさが萎縮しているのだ。

次に脳室なども確認するが、同様の状態となっている。まるで乾酪《チーズ》の中を、鼠《ねずみ》が虫食い状に食い荒らしたみたいな有様だ。

俺はブリードの脳を解剖刀で僅かに切り取ると、顕微鏡を使って、組織標本を確認する。通常であれば脳の組織標本は、脳細胞の間に神経繊維がしっかりと詰まっている事が確認できるはずだ。

だが、妖人の彼の脳細胞は海綿状となっており、かなりの数の空胞が見て取れる。

その瞬間、俺は顕微鏡から顔を上げながら、特大の舌打ちをした。この遺体の死因が、特定出来たからだ。

「ミル。悪いけど、『回復薬《ポーション》』を二つ、いや、三つ持ってきてくれるかな」

「けが、したの？」

「いや、僕と、ミルと、依頼人が飲む分だよ」

ミルは一瞬小首を傾《かし》げたが、こちらがどこも傷ついていないのは把握していたのだろう。天使はその後すぐに、小さく頷《うなず》いた。

「わかった」

「あ、回復薬を取りに行ったら、解剖部屋に戻ってこずに、外で待ってて。先にミルだけ回復薬を飲んでていいよ」

再び頷くと、ミルは手袋と前掛《エプロン》けを籠に入れて、小走りに部屋の外へと出ていく。俺は彼女の背中を見送りながら、大きな革袋を広げて、今しがた解剖したブリードの体と、切り刻んだ遺体の破片たちを詰め込んでいく。そして籠から手巾を取り出して、部屋中に飛び散った血液、臓物、脳髄を丁寧に拭い、その手巾と共に今回の解剖で使った手袋に前掛け等を全て籠から取り出してその中に入れ、厳重に袋の口を縛った。その作業をしながら、俺は内心愚痴を零《こぼ》す。

……まさか、プリオン病だったとはな。

プリオン病とは、初期症状としては、目眩《めまい》、痺《しび》れ、歩行障害、視覚異常、言語障害などが現れ、さらに進行すると痴呆《ちほう》、筋肉の収縮が勝手に起こり、記憶力障害が進み、やがて死亡する疾患だ。これは、細胞性プリオン蛋白質《たんぱくしつ》、プリオンが変形し、異常蛋白質分子、スクレイピープリオン蛋白質という異常プリオンになることで引き起こされる。この異常プリオンの一部は脳内の酵素で分解されず、蓄積。近くにある別の正常なプリオンを変化させ、異常プリオンを連鎖的に作り出していく。一度異常プリオンになってしまうと、プリオンが正常な状態に戻ることはない。この異常プリオンの数が一定数を超えると発病するのが、プリオン病だ。

発病したら人の体はどうなるのか？　というのは、先程の解剖の結果通りだ。脳みそが細胞単位で、すかすかの海綿状となる。脳がそんな有様ならば、記憶障害も起こるというものだろう。さらにこの疾患が厄介な所は、原因となっているプリオンが、体のあらゆる細胞に存在する、という点だ。歩行が困難になったり、筋肉に異常が出始めるのは、これが原因なのだろう。

このプリオン病だが、三つの種類が存在している。

一つ目は、孤発性プリオン病だ。これは明確な理由なく自然発生するもので、細胞代謝に異常が発生してプリオンが異常プリオンになるのだと考えられている。

二つ目が、家族性プリオン病。これはプリオンの遺伝子変異が遺伝することで起こるものだと考えられている。

そして、三つ目が獲得性プリオン病だ。これは、異常プリオンを自分の体の中に入れてしまった場合に起こる。例えば、異常プリオンに感染した肉を食べた時や、異常プリオンに汚染された臓器を移植されたり、血液での輸血を受けたりしたときなどが該当する。

そう、プリオンは、体のあらゆる細胞に存在する。そのためプリオン病に感染した患者の脳や血液、内臓には、プリオン病を感染力させる力があるのだ。

……今やこの解剖部屋中が、異常プリオンに汚染されてしまっている可能性がある。

だから俺は、ミルをこの部屋から遠ざけ、回復薬を取りに行かせたのだ。前世で俺のいた世界ではプリオン病の治療方法は確立されていなかったが、アブベラントには回復薬や《魔法》が存在する。たとえ汚染されたとしても、回復薬で正常な細胞を取り戻すことが出来るのだ。

……とはいえ、部屋の消毒が完了するまで、司法解剖の依頼は受けられそうにないな。すぐさま感染せず、しかも治療法がこのアブベラントには存在しているとはいえ、いつミルがあの《翼》を広げるのかと考えながらドゥーヒガンズで生活をするのは、いろんな意味で体に悪すぎる。

……目に見えて俺に脅威が迫ったわけではなく、マリーに精神を蝕《むしば》まれたと考えてミルが《翼》を広げたのなら、この天使は俺が発熱などの症状が出ていなくても、病に罹《かか》り、一定の潜伏期間が過ぎた時点で、俺に脅威が迫ったと判断する可能性もあるからな。

それに、今は片翼だが、何かしらのきっかけでミルが両翼を取り戻す可能性もある。俺が転生したこの糞《くそ》ったれな異世界は、回復薬に《魔法》にと、何でもありだ。

……ただでさえ、想定外の事態が起こってるからな。最悪の事態というのは、常に想定しながら動いた方がいいだろう。

そう思いながら部屋を出ると、ミルが回復薬を三本持って、部屋の前で待っていた。そして相変わらず感情の起伏を見せない天使は、その内の一本をこちらに向かって差し出す。

「はい、チサト」

「先に飲まなかったの？」

「そーごほかんかんけー」

それは、少し意味合いが違うんじゃないか？　と思ったが、俺は礼を言って回復薬を受け取ると、天使と共にそれを嚥下《えんげ》した。飲み終わった後視線を下げると、ミルが小首を傾げてこちらを窺《うかが》っている。

「なんで、いらいにんにも、のますの？」

「僕らに依頼をした記憶をなくされたら、困るでしょ？」

俺に解剖を依頼した《地人《ドワーフ》》の依頼人、チュウ・ニャ・ディガは、俺の下までプリオン病に感染していたブリードを運んできていた。先程述べた通り、ブリードの死体を触った彼も、プリオン病に感染している可能性があった。チュウが俺の知らないところで野垂れ死ぬ分には構わないが、それより前に依頼料を支払ってもらう必要がある。プリオン病に感染後、すぐに症状が現れる訳では無いが、事前に金を持っている相手だとわかっているのであれば、プリオン病を取り除いてやる事で、多少恩を売っておいても損はない。何かのきっかけで、チュウに便宜を図ってもらう機会があるかもしれないからだ。

チュウは、ドゥーヒガンズの西側、富裕層が住むその区画で賃貸運営を行っている。家を貸していたブリードの姿が暫《しばら》く見えなかったので、貸家に様子を見に行った際、そこで彼の死体を発見したのだという。不審死を放置すると賃貸の物価が下がるということで俺に事件解決を依頼しにきたのだ。

逆に言うと、解剖の費用だけでなく、その先にある不審死の原因排除の依頼まで発注してもらえる可能性が高い。ファルフィルへの借金返済が目の前に迫っている今、こうした金を稼げる機会を逃したくはなかった。

……あまり大きな依頼を受けて、目立ち、今ドゥーヒガンズにやって来ているあいつに興味を持たれたくないからな。

特大の頭痛の種を抱えながら依頼人のチュウに回復薬を渡して、俺は司法解剖の結果を共有する。俺の思惑通り、原因排除の依頼を取り付ける事ができた。しかもそれだけでなく、プリオン病に感染している可能性を救ってくれたと、解剖料に色まで付けてくれる事となった。流石《さすが》、西区で賃貸運営をしているだけあり、羽振りがいい。

帰路につくチュウを満足げに見送った後、俺は夜風に髪をなびかせながら、ブリードの遺体などを入れた革袋を庭に持っていく。俺の後ろを、洋灯を手にしたミルが付いてきた。天使の手にした明かりに照らされながら、俺は庭、雑草が生えておらず砂利になっている辺りに布袋を置く。そしてその革袋の下、更にはその周辺と、大量の薪《まき》を並べていった。

その作業を終えると、今度はその上から、たっぷりの油を注ぎ、燐寸《マッチ》を擦《す》って火を付ける。炎は油を伝って薪に燃え移り、布袋共々巨大な炎を作り上げた。煌々《こうこう》とした炎が立ち上り、闇夜を切り裂いて辺りを明るくする。ミルの手にした洋灯以上の光で、彼女の碧《へき》色《しょく》の瞳が輝いた。

「すみに、するの？」

『アタシみたいに？』


ドゥーヒガンズに戻って来たからか、頭痛の種である『聖女』の存在故か、最近、また彼女の存在を感じるようになった。いずれ全てが白日の下に晒《さら》されると、あの世から糾弾されているのかもしれない。

……でも、そうした怨嗟《えんさ》も含めて、俺は背負うと決めたんだ。

だから俺は、このアブベラント中の怨念、怨恨、積怨に身を浸すように笑った後、ミルの質問に答える。

「ああ。火葬してからじゃないと、感染が広がるかもしれないからね」

「ほられちゃう？」

「うん。そうだね、ミル」

そのままブリードを共同墓地に土葬した場合、鼠などの動物に掘り起こされる可能性もある。そうした動物がどこかで死んで、牛の餌に紛れ込んでしまえば、それに気づかず牛はその肉を食うだろう。食物連鎖的に異常プリオンが流れていき、今度はその牛の肉を人が口にしてしまったのなら、その人はプリオン病に罹ってしまう可能性があるのだ。

……そういえば、人肉を食ってプリオン病に感染する病に、クールー病があったな。

クールー病はプリオンが原因の風土病で、その地域に住む民族の文化に遺体を食べる習慣があったことでプリオン病に感染してしまったというものだ。

人肉、しかも屍肉《しにく》を喰《く》らうというと『屍食鬼《グール》』を思い浮かべるが、屍食鬼の肉を『冒険者』が口にすることもないだろうし、もし口にしたとしても、回復薬などを常用している彼らがプリオン病を発病するとは考えにくい。一方で、ドゥーヒガンズのような町に暮らしている人たちも、具合が悪ければ回復薬を口にする機会が多いだろう。

だからこそ、俺は燃え上がり、有機物が延焼する臭いを漂わせつつ骨と灰へと姿を変えていくブリードの遺体を眺めながら、腕を組んで唸《うな》った。

……だとすると、ブリードはどうしてプリオン病を発病したんだ？

繰り返しになるが、回復薬や《魔法》を使えばプリオン病を治療することが可能だ。そしてアブベラントでは体調に異常があったり、身体《からだ》が欠損した場合、当たり前のようにそれらが使われる。つまり、プリオン病に感染したとしても、副次的に治療がなされる事となる。そもそもプリオン病の感染経路が存在しない、ないしはどこかで途切れるはずなのだ。

……ブリードが家族性プリオン病なら、もっと早くに症状が出て死亡しているはずだ。だとするとブリードの感染経路は、自然発生する孤発性プリオン病か獲得性プリオン病の二択になる。しかし、回復薬を飲んでいるなら、発病し得ないはずだ。

かつてシエラ・デ・ラ・ラメで暮らしていたエミィ・ソーントンの目の様に、生まれた時から細胞が死亡していないのであれば、回復薬は正常な細胞に戻してくれる。孤発性プリオン病と獲得性プリオン病であれば、回復薬で治療が可能となるのだ。

薪が爆《は》ぜて、火花が夜空に舞う。それをミルが無感情な瞳で眺めているのを横目に、俺は火力を強めるため、さらに薪を継ぎ足した。

……この謎を解かなければ、最悪の場合、ドゥーヒガンズ中でプリオン病の大量感染が起こる可能性があるな。

俺としては、別に誰が何人、脳みそが穴だらけになって死のうが構わない。だが、それによってドゥーヒガンズで暴動が起こったり、仮に俺がプリオン病を発病した場合、ミルが天使族《エンジエル》としての力を振るったりすることになるだろう。そういった事態だけは、どうしても避けたい。

目先の金のために依頼を受ける方向で行動したが、思った以上に大きな事件になりそうな予感に、俺は思わずこめかみを押さえた。そんな俺を、ミルが感情の宿らない瞳で見上げてくる。

結局、ブリードの遺体が完全に骨と灰になったのは、夜明け頃になってしまった。俺とミルはブリードだったものを箒《ほうき》で集めて、瓶に詰める。そして俺が円匙《シャベル》と先程の瓶を、そしてミルが聖水《ホーリーウオーター》を手にして、共同墓地へと足を向けた。

その墓地の前で、まるでこちらを待ち受けていた様な人影を見つけて、俺は頭痛を感じつつ、目を細める。

「よぉ、チサト。今日、いや、もう昨日か？　今回は、解剖してから埋葬まで、随分と時間がかかったんだな」

「……ジェラドル」

正直、ここでこの盗賊顔と顔を合わせるというのは、完全に想定外だ。そもそも、ロットバルト王国からドゥーヒガンズに戻ってきたあの日から、ジェラドルとの接触はなるべく控えていたのだ。理由は、単純明快。

……どうしたって、『聖女』の話になるからな。

それはつまり、ニーネの死の真相へと近づかれるということを意味している。

今までは『復讐《ふくしゅう》屋』の依頼が忙しいなどと、何かにつけて会話を強引に切り上げていたのだが、今のこいつの口ぶりから察するに、昨晩から今まで、ずっと俺が共同墓地へやってくるのを待ち伏せていたのだろう。それは、ジェラドルが俺の仕事状況を事前に調べていたという事を意味している。

ニーネが死ぬ直前まで『幸運のお守り』を追っていたと判明したため、ニーネの死の真相を探る事が『幸運のお守り』事件を解決する切り札になると、勢い込んでいるのだ。

……それにしても、共同墓地の前で待ち伏せとは、な。

ジェラドルの、粘着気質な奴《やつ》の狂信的な執念を感じる。

足を止めて、この場を乗り切る方法を脳裏に高速で構築しようとしている俺の手を、ミルがそっと握ってくれた。視線を下げると、天使の無感情な瞳に、俺の顔が映し出されている。彼女の小さな唇が、僅かに動く。その動きが、だいじょうぶ、というものだと理解して、俺はなんとか平静を取り戻すことが出来た。

嘆息しながら、俺はジェラドルに向き合う。

「何だ？　冒険者組合《ギルド》は、いつから俺の仕事に口出しするようになったんだ？」

「冒険者組合が依頼した仕事が遅けりゃ、そりゃ嫌味の一つや二つも言いたくなるもんだろ？」

そう言われて、俺はわざとらしく肩をすくめて見せる。

「おいおい、今回の解剖の依頼は冒険者組合は関わってないぞ？　お前がどれだけの時間、ここで一人、突っ立って待ちぼうけを食らっていようが、俺には関係ない話だろ」

軽口を叩《たた》きながら、俺はミルと手をつないで、ジェラドルの脇を通り過ぎる。そしてそのまま、共同墓地へと足を踏み入れた。そんな俺たちの後ろから、ジェラドルが付いてくる。俺は振り返りもせず、口を開いた。

「おい、俺は男に追い回される趣味はないんだが？　遺体を埋葬したら、解剖部屋の消毒もする必要があるんだ。急ぎの用か金の話じゃなきゃ、もう帰ってもらえないか？」

「惚《とぼ》けんなよ、チサト」

そう言って、ジェラドルが俺の隣に並ぶ。

「ニーネだよ。ニーネの遺体だよ！　今からどうせお前の共同墓地を掘り返すんだろ？　だったら、ついでにニーネの遺体も掘り返してくれよっ！」

……やっぱり、そういう話になるよな。

ジェラドルの言葉を手で払うように動かしながら、俺は顔をしかめた。

「聞こえてなかったのか？　急ぎの用か金の話じゃなけりゃ、もう帰ってくれよ」

「だから、金の話をしてるんだよ！　前に冒険者組合で話しただろ？　ニーネの遺体を『聖女』様に、エウラリア様に診せてくれってよぉ！」

そしてそのまま、ジェラドルはまくし立てる。

「エウラリア様は、死者の魂と会話することが可能なんだ。エウラリア様にニーネの魂と会話してもらえれば、『幸運のお守り』の事件解決に大きく近づけるんだよ！　これも冒険者組合で話しただろ？」

顔を近づけてくるジェラドルを押し返しながら、俺は苛立《いらだ》たし気《げ》に口を開く。

「ああ、そんなに大きな声で話さなくなって、聞こえてるし、覚えてるよ。あれだろ？　確かエウラリアは、その力の特性上、『屍者《リッチ》』や『骸骨亡霊《スケルトン》』、『木乃伊《ミイラ》』といった死に関する《魔物《モンスター》》討伐の逸話が多いんだろ？」

他にも、死者の魂を鎮めるための、鎮魂系の仕事でも呼ばれることが多いらしい。とすると、エウラリアの天職《クラス》は、癒やしの力を持つ《神官《プリースト》》、もしくは巫覡《シャーマン》の可能性が高い。

巫覡という天職は神楽を踊ったり、祈祷《きとう》や占い、神託《オラクル》を受ける才能を持つ存在だ。過去に俺は巫覡を天職とする人物、ブライの双子の姉、サフィと出会っており、その信仰によって引き起こされる力、そしてその驚異については、十分に認識している。

……直接戦いはしなかったが、ある意味あいつの力は無敵と言っても良かったからな。最悪、『聖女』と直接対決する可能性もあるので、こうした情報は非常に俺にとってありがたかった。いざ殺そうという状況になった時、相手がどういった能力を持っているのか想定できるのとできないのでは、こちらの立ち振舞や立てる作戦に大きく影響が出てくる。

……逆に言えば、そうした情報が揃《そろ》っていれば揃っている程、俺は優位になるわけだ。

俺が心中、エウラリアを殺す可能性まで考慮している事を知る由もないジェラドルは、苛立たし気に舌打ちをした。

「そこまでわかってんだったら、とっととニーネの遺体を掘り起こしてくれよ！　金は払うって言ってんのに、忙しさにかまけて後回しにしやがって！　だが、今日という今日は、絶対に掘り起こしてもらうぜ！　わざわざ別の依頼で共同墓地を掘り返さざるを得ない状況があるんだ。断る理由がないだろ？」

「じゃあ聞かせてもらうが、その肝心の『聖女』様からの協力を取り付けることは出来たのか？」

その言葉に、ジェラドルの表情が痛いところを突かれた様に、苦渋で歪《ゆが》む。盗賊顔の口からこぼれた苦悶《くもん》の声が、俺たち以外いない墓地に響いた。

そう、俺がニーネの死体を掘り返すのを逃げ回れていた一番の理由は、実はまだジェラドルがエウラリアの力を貸してもらえると約束を取り付けられていないためだ。

当たり前だが、『聖女』はドゥーヒガンズへ、『幸運のお守り』の事件を解決するために来たわけではない。『三宝神殿《ラトナトラヤ》』への訪問や、彼女の力の特性を活《い》かした魔物の討伐に調査、そして冒険者組合との会合に、一緒にやってきた『司教』との打ち合わせや、彼らを警護する『聖騎士』との警備についての意見交換と、予定が目白押し。アブベラントの秩序を守る彼らは、常に忙しい。冒険者組合の使いっ走りのジェラドルが意見を言える場なんて、そう何度もないのだ。

……ファルフィルに金を払って仕入れたので、この情報はほぼ間違いない。

あの金の亡者の話では、エウラリアは今、ドゥーヒガンズを離れているという。それでまた少し、ファルフィルへの借金が増えたのだが、『聖女』の動向把握は今の俺にとって生命線。金を惜しんでいる場合ではないのだ。

その『聖女』様にも、どこかの場面で業務と業務の間に多少の余裕が出来る機会もあるはずだ。だが、その時間を使えるか否かは、偏《ひとえ》にエウラリアの御心《みこころ》にかかっている。

そもそも、ジェラドル以外にも『聖女』の力を貸して欲しいと思っている人たちは多い。それこそ、死に別れた人ともう一度言葉を交わしたいと考える人は、無数にいるだろう。

俺は皮肉気に笑いながら、ジェラドルへ向かって言葉を紡ぐ。

「せっかく掘り起こしても、結局使われないんなら、掘り起こすだけ無駄だろ？」

そう突き放すが、ジェラドルは中々引き下がらない。

「だ、だが、金にはなるだろ？　金さえ払えば、お前は満足するはずだろ？」

「馬鹿野郎。死体を掘り起こすって事は、それを使い終わったら、今度は戻す作業が必要になるんだぞ？　お前、『聖女』から約束を取り付けるまでの間、ずっとニーネの死体抱えて生活するのか？　そんな事したら、お前冒険者組合にいられなくなるぞ」

「だ、だが、エウラリア様の空き時間を頂くには、それしか――」

「死体を抱えて、自分の力を求めてくる相手って、どう考えても異常者にしか見られないだろ。エウラリアと話をする前に、彼女の取り巻きたち、『司教』は他の職務で出払ってるかもしれないが、少なくとも護衛に付いている『聖騎士』たちに退けられるのが落ちだぞ。阿呆《あほう》なのか、お前」

俺の言葉に、ジェラドルは苦虫を噛《か》み潰した様に、口元を歪める。

……そうだ。『聖女』の暗殺は、最後の手段だ。

エウラリアが、ニーネの死体を診る状況が生まれないのであれば、俺は彼女を殺す必要はない。エウラリアがドゥーヒガンズを離れるまでの間、接触を阻止するために時間を稼ぎきれれば、俺の目的は達成できる。

つまり殺さなくても、ミルが天使族であるという秘密は、守られるのだ。

……だから万が一にも、エウラリアが『幸運のお守り』に興味を持つような、ニーネの死体に近づくような状況を避けなくては。

恐らくエウラリアと同じく、巫覡の天職だったブラヴァツキー姉弟の事を思い浮かべる。彼らにはいた様な仲間が、俺にはいない。ミルを守るために、俺は一人でどうにかしなくてはならないのだ。

しかし、どれだけ注意をしても、上手《うま》く立ち回ったとしても、どれほど万全の状態で臨んだとしても、想定外の事態というのは、必ず起こるものだ。

……だから常に、最悪の状況を想定して手を打たなくては。

暗い決意を秘めながら、俺はジェラドルへ鬱陶しそうに手を振った。

「ほれ、わかったらもう帰ってくれ」

「……いや、ここで引き下がれるか！　大体、何でお前はエウラリア様の力を借りるのに協力してくれねぇんだよ！」

「何で俺がそんな事しないといけないんだよ。俺は『復讐屋』で、『幸運のお守り』事件の解決は冒険者組合の仕事だろ？」

「……お前は、知りたくないのか？　事件の真相を！　お前は、願ったことがないのか？　死に別れた人の、最後の言葉を聞きたいと思ったことが！」

その言葉に答えるように、俺は円匙を地面に勢いよく突き立てた。丁度ここが、俺の管理している共同墓地なのだ。

「そもそも、俺の中で『幸運のお守り』事件はもう終わっている。ニーネの死体を解体《バラ》した、あの日にな」

そしてミルから手を離して、円匙《シャベル》を使って墓地を掘り返し始めた。俺が地面を抉《えぐ》る音が、夜中の墓地に響き渡る。死者が眠る土を俺は強引に掘り起こし、円匙と石がぶつかる噪音《そうおん》と雑音という不快音で、共同墓地に不協和音の狂騒曲を奏でていく。

……やっぱり、俺の共同墓地じゃ、死んだ後もゆっくり眠れないよな。

まさに死後会話を求められているニーネの死体が、土と石と他の死者の腐肉に白骨で埋没している場所を掘りながら、顔を上げることもなく、俺は思わず言葉を漏らす。

「……それに、心の底からもう一度聞きたいと思う声は、この世界で俺は聞くことが出来ないんだよ」

「あ？　どういう事だ？」

怪訝《けげん》な表情を浮かべるジェラドルとは対象的に、ミルは相変わらずの無表情で俺をただ、じっ、と見つめている。それらの視線を無視して、俺はただひたすらに、無言で墓地を掘り起こしていった。

結局、その後もジェラドルから色々と言葉を投げかけられたが、一言忙しいと返し、他の言葉は全て無視した。やがて諦めたのか、この死体漁《したいあさ》りが、と捨《す》て台詞《ぜりふ》を残して、盗賊顔はこの場を去っていく。

ブリードの遺骨、遺灰を埋めるため、動物たちに掘り起こされないように穴を掘り終えた時には、太陽が墓地を照らし、完全に朝が訪れていた。その中に瓶を入れて、土をかけていく。それが終わると、その上からミルが聖水《ホーリーウオーター》を撒《ま》いていった。死者の眠る場所に、小さな虹が生まれる。

　ミルが俺の傍《そば》によってきて、言葉を紡いだ。

「おなかすいた」

「じゃあ、帰って朝食にしようか」

「なにに、する？」

　その言葉に、歩き出そうとしていた俺の足が、止まる。

「え？　昨日、魚を焼こうって話をしてなかったっけ？」

「におう」

「……確かに、まだ解剖部屋はちゃんと掃除してないし、消毒もまだだけど、扉を閉めておけば――」

「くさい」

「……わかったよ。朝市を覗《のぞ》いて、朝食を食べようか」

　そう言うと、ミルが小さく頷《うなず》いて、俺の手を握ってくる。そのまま一度家に戻って円匙などを置き、事前にしたためておいた手紙を手にして、町へ繰り出した。最悪の状況を考えると、どうしてもこの手紙は出しておく必要がある。

「なまがいい」

　そう言われて、思わず俺は自分の服の臭いを嗅ぐ。一度火葬にする時間があったとはいえ、ブリードを司法解剖をした時の血生臭さは、まだ残っていた。

「生魚や生肉は、軽食みたいな感じで売ってるかな？」

「なまが、いい」

「……じゃあ、ちょっと歩いて探そうか」

　そう言って、手紙を出し終えた後、俺はミルと手をつないでドゥーヒガンズの朝市を眺めて行く。西区側でなら、何かしら生食の物が手に入るのでは？　と思っていたのだが、残念ながらその思惑は外れてしまった。水揚げされた生魚は売っていたが、生憎《あいにく》すぐに食べられるように調理されてはいなかったのだ。

　無表情だが、食事の事なのに言葉を発しなくなったミルをなんとかなだめるべく、俺は内心冷や汗をかきつつ、必死で朝市を探索していく。その甲斐《かい》あってか、炙牛肉《ローストビーフ》と野菜の沙拉《サラダ》を麺麭《パン》で挟んだ抱合《サンドイッチ》を見つける事が出来た。ミルへ視線を送ると、抱合から目を離そうとしなかったので、俺は何とか事なきを得ることが出来たと、それを購入しながら内心溜息《ためいき》を零《こぼ》す。

　ミルと二人、朝市を並んで歩きながら抱合を僅かに齧《かじ》った。歯から伝わる、香ばしく網で焼かれた麺麭の食感が心地好《よ》い。瑞々《みずみず》しい野菜の旨味《うまみ》に、肉の脂と沙司《ソース》が絡まって、これだけでも十分美味《うま》い。だからもっともっとと求めるように、今度は口一杯に抱合へと噛みついた。すると、今度は厚く切られた炙牛肉が、歯の侵入を拒むように抵抗する。その抵抗を楽しみながら、俺は顎に力を込めて、強引に突破。外はよく焼かれ、だが赤みの残る中心部から、旨味をたっぷり含んだ肉汁が口の中に溢《あふ》れ出した。

満足気に咀嚼《そしゃく》しながら、俺は指先に付いた沙司を舐《な》め取りつつ、ミルの方へ視線を送る。すると、彼女は既に一つ目の抱合を食べ終えて、二つ目の包を開けようとしていた。

「ミル。ちゃんと口の中のものを飲み込んでから、二つ目を開けたら？」

「ふぐにふぁふぇふぇる」

「……そんなに口一杯に詰め込んでても、なんとなく言ってることはわかるね、ミル」

「ふぉーふぉふぉふぉふぁんふぁんふぇー」

それも、少し意味合いが違うんじゃないか？　と思ったが、俺は特に何も言わないことにした。

やがてミルは口の中の抱合を飲み込むと、包を開け終えた抱合に、すぐさま齧り付き、咀嚼を開始。鼻から上はいつも通りなのに、口の部分だけ忙《せわ》しなく動くのがなんだか可笑《おか》しくて、俺は微《かす》かに笑った。

「朝食も買えたし、帰ろうか、ミル」

「ふぉん」

もぐもぐと擬音語が聞こえてきそうに咀嚼をしながら頷くミルを見て、俺たちは帰路につくために足を動かし始めた。

途中、裏道を通った方が早いということで、路地裏に入る。すると、その路地の端で、何かが蹲《うずくま》っていることに気がついた。最初、それが何なのかさっぱりわからなかったが、うめき声を上げているのを聞いて、俺はそれがどうやら人間の女性なのだと気がつく。彼

女は汚れ、ぼろぼろとなった修道服を着ており、そこから孔雀《くじやくあお》青色の髪が覗いていた。

「お、お腹《なか》が……」

「体調が悪いのか？」

そう言って、俺は思わず彼女に一歩近づく。だが、次に聞こえてきた言葉は、俺の想像とは全く違う言葉だった。

「お腹が、すきました……」

地面に這《は》いつくばる『修道女』が鳴らす腹の虫と、天使が無言で抱合を咀嚼する音が、路地裏に響く。

俺は無言でミルの手を取り、その場を後にしようとした、所で、空腹の女が俺の足に縋《すが》り付いてきた。目を離していたのは一瞬だったが、一体彼女のどこからそんな瞬発力を発するだけの力が出るというのだろうか？

肉付きのいい彼女の体が絡みつくが、俺は無視して足を動かす。と、そこで『修道女』が顔を上げた。すると、半泣きに潤んだ若竹色の瞳と目があう。

そこで俺は、思わず足を止めた。

……サ、フィ？

そう思った所で、すぐに俺は自分の思考を否定する。何故《なぜ》なら眼《め》の前《まえ》の『修道女』は、髪や瞳の色。そして体つきも、カムルカフール共和国で出会った、サフィ・ブラヴァツキーとは全く違っている。

……そもそも、俺がサフィに出会えることは、二度とないはずだ。

だが、顔つき、そしてどこか甘さが抜けずに涙目になる瞳が、どうしてもサフィと重なってしまう。その甘さ故仲間からも慕われていた彼女の顔で、『修道女』が口を開いた。

「お願いじまず！　ご飯を！　ご飯を恵んでぐだざい！　もう、みっがもだべでないんでずぅ！」

「……むしろ、断食した方が健康になるという話もあるぞ」

断食、絶食療法は、宗教上の行事である断食に、治療面からの効果を見出《みいだ》した治療法だ。もちろん全ての疾患に効果があるわけではないが、肥満の治療だけでなく、精神病、心身症、更年期障害や過呼吸症候群など、幅広い疾患の治療法として取り入れられている。

「あんた、『修道女』だろ？　なら、今が断食を行っている状態だと考えて、自分の信仰を確かなものにしていると思えばいいじゃないか」

「無理でずぅ！　これ以上がまんずるだんで、がんがえられまぜんっ！」

「断食、断水、断眠で九日生き残った事例もあるみたいだから、三日ならまだなんとかなるだろ」

「無理！　無理でずっで！　な、何なんですか、断食、断水、断眠って！　正気じゃないですよっ！」

と、そこで『修道女』の目が、俺の手にしている抱合に釘付《くぎづ》けになる。そして、その隣にいるミルの抱合にも目を向けて、口から涎《よだれ》を垂れ流し始めた。

「おい、服に涎がつくだろうが！　やめろっ！」

「チサト。いこう」

「ご、ご飯！　お、おいじぞう！　ぐだざいっ！」

「や」

　無慈悲にミルはそう言うと、まだ半分ぐらい残っている抱合を、一口で平らげる。『修道女』が、まるで小さな頃から大切にしていたぬいぐるみを目の前で燃やされてしまったかのような、絶望に打ちひしがれた悲鳴を上げる中、天使は頬を極限までに膨らませつつ、しかしそれでも感情の見えない瞳をしたまま、ゆっくりと咀嚼し始めた。ミルの口が動く度、抱合が嚙《か》み砕かれる音が聞こえてくる。

「ふぉふぃふぃふぃ」

『修道女』が、まるで小さな頃から付き合っていた恋人が目の前で不貞を働いているのを目撃してしまったかのような、悲しみの絶叫を上げる。俺は今、一体何を見せられているのだろうか？

　血涙を流さんばかりに獣の様な叫び声を上げる彼女へ、俺は嘆息して抱合を千切って差し出した。

「ほら、これをや——」

「ありがどうございばずぅっ！」

　一瞬で差し出した抱合が奪われ、『修道女』が泣きながら貪り食っている。その様子は、魔物《モンスター》の食事風景の方が、まだ行儀がいいと思わせるものだった。だがそんな事を気にもしていない『修道女』は、両目からぼろぼろと涙を流しながら、啜《すす》り泣く。

「あ、ありがどう、ありがどう、ございましだ。わ、私、あむ。エレーナ、あむ。フォン・ハーン、あむ。って言いまず。あむ」

「いいから、とりあえず喋《しゃべ》る前に食え。ミル、行こう」

エレーナにそう言い放ち、俺は彼女の涎で汚れた服を手巾《ハンカチ》で拭ってから、ミルの手を引いてその場を後にする。

そしてまもなく、俺たちの家がある東区へ着いた。そこで俺は、足を止める。そして後ろを振り返らずに、口を開いた。

「で、何でお前は俺たちに付いてくるんだ？　エレーナ」

「え、だってお食事をご馳走《ちそう》になりましたし、何かお礼をと思いまして」

「いらん。そもそも、自分の飯を調達できないような奴《やつ》に、何を頼れっていうんだ？」

「うっ！　で、ですが私がこんな状況になっているのは、全部神殿のやつらが悪いんですよ！」

エレーナの言葉に、俺は自分が抱えている特大の頭痛の種を思い出す。

「……と、いうことは、あんたは協会側の人間なわけか」

神殿は、各大陸に存在している、アブベラント最大の宗教団体だ。かつて存在していたとされる《神族《ディエティ》》を信奉、彼らが残したと言われている『魔道具』などの研究を行っている。それだけでなく、アブベラントに住む人の天職《クラス》を占い、聖水《ホーリーウォーター》を生み出すという、この世界の人々の生活になくてはならない存在だ。目下俺の悩みの種である『聖女』も、神殿に所属している。

一方で協会は、神殿には所属していない宗教団体、その集合体だ。宗教団体が一つに集まって協会を形成している理由は、偏《ひとえ》に神殿の威光が強すぎるためだ。そのため彼らは単独では組織として成り立たず、どうにか集まって、なんとか各々が生み出した信仰対象を祀《まつ》り、祈願をしている。

俺が思わずエレーナから面影を思い出してしまったサフィたちも、自らの信仰を持っているという意味で、協会に近い人間と言ってもいいだろう。

……だが、あいつらは組織犯罪集団《マフィア》だったからな。協会とは深い関わりはないだろう。

そう思っていると、俺がサフィを幻視してしまった『修道女』が、一歩俺の方へ近づいてきた。

「聞いてくださいよ！　あいつらが幅を利かせているせいで、私たち協会の活動は著しく阻害されてるんです！　この前だってまた教会が潰れてしまって、どんどん私たちの活動の幅が狭くなってしまうんですよ？　酷《ひど》いと思いませんかっ！」

「全く思わん」

そう言いながら、ドゥーヒガンズに建っていた教会も、どんどん潰れている事を思い出していた。教会は協会が運営しており、死者の葬儀などが彼らの活動資金源となっている。

ていた。

だが死者の弔いは土葬に聖水を撒《ま》く文化が定着したので、どんどんとその数が減っていった。

……そういう意味だと、聖水を生産、普及させた神殿は、確かに協会の連中からすると、仇敵《きゅうてき》と言ってもいいのかもしれないな。

そう思っていると、半泣きになったエレーナが両手を組んで、嘆いていた。

「なんてことを仰《おっしゃ》るんですか！　神殿の連中がこの世にのさばっているせいで私は飢え、空腹にのたうち回り、その結果チサトさんの服は汚れ、食べ物も奪われる羽目になったんですよ！　もっと神殿の連中に対して敵愾心《てきがいしん》を持ちましょうよ！　そして一緒に倒しましょうよっ！」

「俺の身に起こったことは、神殿じゃなくてお前のせいだろうが。あと、気安く名前を呼ぶんじゃない」

そう言うと、エレーナは本当に意味が分からない、という表情を浮かべ、首を傾《かし》げる。

「何でですか？　天使みたいに可愛《かわい》い、可愛いのに私を僅かばかりも気にかけなかったミルちゃんと違って、チサトさんは私を救ってくださったではありませんか！　食事とは、生きている存在を頂く行為。その力を、自らの身体《からだ》に取り込む、とても神聖なものなのです。その神聖な行為を助け合ったということは、もはやあなたも、私の宗派に、つまり協会に所属している！　つまり、つ・ま・り！　私たちは今後、如何《いか》なる時であっても、互いに助け合うべき仲間だと言っても過言ではないのですよっ！」

「過言中の過言だろうが」

舌打ちをしながら、俺は厄介な相手を助けてしまったと自分の行動を呪っていた。俺とミルの会話を聞いて、距離を詰めようと名前でわざわざ呼び始めたのも鬱陶しい。

先程述べた通り、神殿は神族を信奉し、『魔道具』などの研究を行っている。俺の前世では、どちらかと言えば宗教家や歴史家、研究家に近しい職業《ジョブ》が当てはまるだろう。

一方、協会は本当に自らの信仰のためだけに生きている連中の集まりだ。生き残るために様々な組織が集まっているので、多少信者を確保できている所はまだ穏便な傾向があるが、そうでない組織は自分の信仰を生き残らせるために必死で、文字通り自分の人生を賭け、その命を燃やして信仰を続けている。

神殿が理性的な駆け引きが可能な存在だとするなら、協会は狂信者たちの集まりだ。転生者《レインカーネーター》の俺だけでなく、アブベラントに住む人々も、付き合うなら神殿にしたいと思うに決まっている。

そう思いながらも、どうすればこの鬱陶しい女から離れられるのかと、俺はエレーナの発言から彼女の信仰について分析をする事にした。

……生き物に対しての敬意と、食事を特別視する傾向があることから、エレーナの信仰の根底には動物崇拝みたいなものが存在しているのか？　でも、単に空腹で食事を特別視している可能性も高そうだな。

食べるという行為は医学的にも、宗教的にも重要な行為だ。先程の絶食療法が食べるという行為を止《や》めるものなら、例えば死者の魂を受け継ぐというような、そういった儀式的な意味合いを含む事もある。

……クールー病も、そういう意味合いがあって広まったのかもしれないな。

そう思っている俺をよそに、エレーナは今度はミルの方へと話を向けた。

「ミルちゃん！　チサトさんが冷たいですよ！　天使の様に可愛いミルちゃんなら、私の言ってる事、わかりますよね？　私たち、もう仲良しですよね？」

俺が取り付く島もないと察したのか、エレーナは今度はミルの方へと会話の矛先を向ける。しかし、先程自らの食事を狙われた天使は、無表情のまま『修道女』から視線を外した。

「エレーナ、きらい」

「そ、そんな！　こんな天使の様に可愛いのにっ！」

エレーナは地面に崩れ落ち、涙目になりながら、懐から何かを取り出す。一瞥《いちべつ》すると、それは項練《ネックレス》だった。

その項練には、彼女の崇拝の対象だろうか？　何かを象《かたど》った、金属の固まりがついている。それが何を象っているのか気づいて、一瞬俺は、呼吸を止めた。

それは確かに、天使の形をしていた。

「ああ、天使様、天使様！　どうかこの、憐《あわ》れな子羊を、エレーナ・フォン・ハーンをお救いください！　そして食べ物がある場所までお導きくださいっ！」

「……お前の信仰対象は、天使なのか？」

「え、そうですよ？」

それが何か？　と呆《ほう》けたような表情を浮かべるエレーナを前に、俺の唇は僅かに震えていた。

「何で、天使なんだ？　神族を素直に信奉していれば、今頃神殿に所属していたかもしれないのに」

そう言う俺に対して、エレーナはわかってないですね、とばかりに首を振る。

「だって神様より、天使様の方が人との距離が近いじゃないですか。顔の見えない、そもそも本当に存在しているのかもわからない、どこかの誰かさんよりも、そのふわっとしていて存在がよくわからない方の指示で、実際に私たちを救ってくださる天使様を崇拝するのって、普通だと思うんです。それに、天使様はもういないと言われていますが、本当に実在していたわけですよね？　本当に存在している存在なら、崇《あが》めればその想《おも》いに応えてくれそうじゃないですか。だから私は、人と直接触れ合えた、私たちと言葉を交わせた、天使様を崇拝しているんですよっ！」

……過去形にするまでもなく、今お前は目の前にいる天使族《エンジエル》と会話をしていたんだがな。

そう思いながらも、俺は自分の震えを抑えるのに必死だった。

協会の連中は、狂信者ばかりだ。それ故、自分の信仰には全身全霊で取り組んでいる。

……天使族を信仰している、天使崇拝者のエレーナであれば、天使族であるミルを傷つけようとしないんじゃないのか？　彼女の身の安全を、確保しようと奔走してくれるんじゃないか？　その、持ち前の狂信的な信仰心で。

たった一人であってもミルとの生活を守ろうと、俺は決意していた。今でもその決意は変わらない。だが『甲殻海亀《ザラタン》』の甲羅の上で感じた、ミルを誰も害そうとしない、あの仮初の楽園の中に、ひょっとしたらエレーナは存在出来たのではないだろうか？

かつて仲間に囲まれていたサフィの顔が、またエレーナと被《かぶ》さって見える。

俺は、ミルを守る仲間を、手に入れられるのではないだろうか？

そう思っている俺の手を、ミルが引っ張った。彼女の感情を宿さない瞳と目があい、俺は冷静さを取り戻す。

……そうだな。何も、今すぐに結論を出す必要はない。

それに俺たちは、ブリードの事件を解決するという依頼を受けている。もし『復讐屋《ふくしゅう》』をこの先続けていくのなら、エレーナが使えるか使えないかの見極めはしておかなくてはならない。たとえミルに害を為《な》そうと思わなくても、足を引っ張って彼女の状況を悪くするのであれば、傍《そば》に置かない方がいいし、場合によっては——

……だったら、確かめてみるか。

「おい、エレーナ」

「はい？　なんですか？　チサトさん」

「お前に、天使様の加護があるかどうか、確かめてやるよ」

そう言うと、エレーナはさも不愉快そうに眉を寄せる。

「……チサトさん。その言葉、取り消してくださいませんか？　私は本気で天使様をお慕いしていて、この命をかけて信仰しているのです。その私に向かって――」

「仕事を手伝ったら、飯を奢《おご》ってやる」

「ぜひやらせてください！　お願いします！　何でもしますよっ！」

五体投地せんばかりに跪《ひざまず》くエレーナを、ミルが光を僅かばかりも宿していない瞳で見下ろしていた。そんな天使を横目に、俺は口を開く。

「……よし。お前に手伝ってもらいたいのは、ブリード・マティズィという人物の人間関係についての調査だ」

ブリードの件で、何故《なぜ》プリオン病に感染したのかを調査する必要があった。一度家に帰って身支度を整えてから、聞き込みに出かける予定だったのだが、一旦エレーナに任せることにする。

……その間俺は解剖部屋の掃除、消毒と、それから仮眠も取れるからな。

深夜にチュウがブリードの死体を持ち込んできてから今まで、結局一睡も出来ていない。共同墓地でジェラドルに絡まれなければ、そしてミルが生食の朝食にこだわらなければもう少し時間があったのだが、『聖女』の件もある。エレーナに聞き込みを肩代わりさせている間に、俺は休息を取ることにした。

……もしエレーナが使えなかったとしても、そこで彼女を見切れるし、聞き込みは改めて俺とミルで行えば問題ない。

こちらの損失がなく、得られるものはそこそこある。飯を奢るだけでこれだけ得られるのなら、必要経費と割り切れた。俺はエレーナにブリードの事件で分かっている事、チュウから聞いたブリードの情報、彼の住んでいた住所などを伝える。

俺の話を聞き終えたエレーナは、こちらに向かって何故か敬礼した。

「わっかりました！　こういう調査は、お任せください！」

「そこまで期待してないから、死なないぐらいで頑張ってくれ」

「酷いです、チサトさん！　大丈夫！　私には、天使様の御加護がついてますから！　ね？　ミルちゃん」

「しらない」

「冷たい！　何でそんな天使様の様に可愛いのに、チサトさんみたいに酷いこと言うんですかっ！」

「エレーナ、きらい」

「私は天使なミルちゃんの事大好きですよ！」

「いいから早く行ってこい」

夜に酒場で落ち合おうと決めて、エレーナを蝿《はえ》を追い払うように手を振るう。『修道女』に迫られ、俺を盾にするように背後に回っていたミルの頭を撫《な》でながら、俺たちは帰路についた。

解剖部屋の片付け、そして家事などを諸々《もろもろ》終わらせてから、仮眠を取る。ミルに起こされた時には、もう窓の外は日が沈んでいた。

夜が、やって来たのだ。

解剖刀《メス》などの準備を済ませて、ミルと共に店を出る。洋灯《ランプ》を手にした天使の明かりに導かれ、俺たちはドゥーヒガンズの貧困層が住まう東区画の道を歩いて行く。夜風が吹いて、路傍の脇に転がっている割れた瓶が揺れて、小さな音を立てた。その音に驚いたのか、痩せこけた野良犬が路地裏の奥へと走って逃げていく。野良犬が立ち去った場所には、食いかけの鼠《ねずみ》の死骸があった。

そうした道を歩いて辿《たど》り着いたのは、以前ジェラドルに『幸運のお守り』を見せてもらった、あの酒場だ。ここが、俺が指定したエレーナとの待ち合わせ場所だった。

扉を開けて、隙間風が吹く店の中に入る。ジェラドルと待ち合わせていたあの時とは違い、店の中には何人か客が入っていた。だが彼らは一様に酔いつぶれているか、生気のない顔で事務的に口を動かしている。店の立地が立地だけに、客層もそれにあった客層になっているのだろう。

だがそんな中、異常に景気のいい卓が目に入った。見間違いようがない。エレーナが座る卓だ。

『修道女』は机《テーブル》一杯に皿を広げ、右手に肉叉《フォーク》、左手に匙《さじ》を持ち、縦横無尽に動かしている。皿の上に載った色とりどりの料理たちを一心不乱に喰《く》らう『修道女』がエレーナ以外に存在するのであれば、俺に紹介してもらいたい。是非とも、どうやってその食費を捻出しているのか、その秘訣《ひけつ》というやつをご教授願いたいからだ。

「おなかすいた」

ミルに手を引かれて、俺は苦笑いを浮かべながらエレーナの座る机へと足を進め、天使と一緒に席に座る。女給《ウエイトレス》に俺は麦酒《ビール》を、ミルは腸詰《ソーセージ》に鹹豚肉《ベーコン》を大盛りで頼んだ所で、ようやくエレーナが俺たちの方に顔を向けた。

「ふは、ほへはちさほはんほみふひゃんひゃひゃいでひゅふぁ」

「……前にも言ったが、喋《しゃべ》る前に食え。口の中のものを飲み込んでから喋れ」

「ひふへいひひゃひひゃひゃ」

そう言ってエレーナは、水の入った巨大な卮《ジョッキ》を手に持ち、一気に半分ほど喉を鳴らしながら胃の中に流し込む。飲み終えた後、大きな吐息を漏らして、『修道女』は満足げにこちらの方へ笑いかけてきた。

「いやぁ、チサトさん！　ここの料理は美味《おい》しいですね！　そして何より、私がお会計をしなくていいというのがいいです！」

「……お前、こんなに注文して、頼んだ聞き込みの結果が大したことなかったら、わかってんだろうな？」

目を細め、硬い声でエレーナを威嚇した所で、女給が俺とミルが頼んだ品々を運んでくる。ミルは肉叉で肉を頬張り、俺は盃《グラス》を傾けた。だが、エレーナへ向けた冷たい目線は片時たりとも外さない。

「で？　どうなんだ？　ちゃんと、有益な情報を持ってきたんだろうな？」

「ふふふっ！　もっちろんですよ！　言ったじゃないですか、私には天使様の御加護がある、とっ！」

俺の威圧を受けたエレーナは、しかしいつもの口調で、まるで宙に文字を書くように、肉叉と匙を動かしながら言葉を紡ぎ出した。

「まず、ブリードさんに家を貸していたチュウさんですが、結構な借金をしていて首が回らない状況のようですね」

エレーナの言葉を聞いた俺は腕を組み、首を動かして続きを聞かせるように促した。

『修道女』の話によると、どうやら数年前から賃貸運営があまり上手《うま》く行っていないらしい。ドゥーヒガンズの西区画で商売をしているので金を持っていると踏んだのだが、どうやら俺の予想が外れていたみたいだ。

「資金繰りに苦労しているのに、わざわざ『復讐屋』の俺に解剖と事件解明を依頼してきた理由は何だ？」

「資金繰りに苦労していたから、が答えですね。チュウさんからすると、賃貸収入が少しでも減るのを避けたいんですよ。だからブリードさんの件を早急に解決して次の入居者に来てもらいたいし、その部屋の家賃も下げたくない、ということです」

「……なるほど」

その後もエレーナの調査結果を聞き、適宜質問をしながら、俺は彼女への評価を改めていた。どうやらただの物乞い『修道女』ではなく、中々どうして、金の動き、人間関係の裏まで調べている。それはチュウだけでなく、他のブリードの交友関係も同様だった。

彼女の話を聞き終えた俺は今後の方針を定めて、隣に座るミルの方へと視線を向ける。

天使が注文した料理は、残り鹹豚肉一切れとなっていた。それを確認し、俺は盃を呷《あお》って、中身を全て嚥下《えんげ》する。それと同時に、ミルも最後の一切れを口に放り込んだ。

「調査、ありがとう。約束通り、支払いは俺の方で済ませておく。ミル、行こうか」

「うん」

「え、待ってください！　お二人共、どちらに行かれるんですか？」

女給に精算をしている俺は、エレーナの方を見ずに口だけ動かす。

「お前の話を聞いて、今後の方針が決まった。だから、それに合わせて動くだけだよ」

「では、私もお供しますよ！」

そう言われ、そこで俺は眉を顰《ひそ》めながらエレーナへ視線を向ける。

「何だ？　まだ食い足りないのか？　お前の食欲はどうなってるんだ？」

「ち、違いますよチサトさん！　今食べさせていただいたのは、聞き込み調査分の働きだけですから。私、まだ抱合《サンドイッチ》を頂いた分を返せていませんっ！」

そう言われて、俺はミルと共に顔を見合わせる。まさか、今更エレーナがそんな細かい所まで、食べかけで、しかもそこから半分に割った抱合の礼についてまで言及するとは思わなかったのだ。

俺は、ミルの方を改めて見つめる。彼女は無表情に、首を傾《かし》げるだけだった。俺は苦笑いを浮かべて、ミルと共に酒場の外へと足を向ける。その途中、エレーナに振り返りつつ、つぶやいた。

「どうしてもついてきたいっていうんなら、勝手にしろ」

「はい、お供させて頂きます！」

「エレーナ、うるさい」

「ミルちゃん、酷《ひど》いです！　そんな天使の様なお顔なのに、そんな言葉使っちゃ駄目ですよっ！」

「エレーナ、きらい」

「ちょっと！　ミルちゃん私に冷たすぎませんか？　チサトさんも、何か言ってくださいよっ！」

俺はその言葉を無視して、酒場の扉をくぐる。俺が開けた扉が閉まりきる前に、ミルと、そしてその後にぶつぶつと文句を言いながらもエレーナが付いてきた。闇夜の路地に、『修道女』の煩い声が響いて、夜空へ消えていく。だが、肌寒い夜風が吹くこんな夜は、少しばかり騒がしい方がいいのかもしれない。

暫《しばら》く歩いていると、何かに気づいたようにエレーナが口を開いた。

「この方角は、ネコンさんのお家《うち》に向かってるんですね？　チサトさん」

小さく頷《うなず》き、彼女の言葉を肯定する。

ネコン・フォーミスト。エレーナの調査の中で出てきた、その人族《ヒューマン》の男性が、ブリードの事件の鍵を握っていると俺は踏んでいた。ドゥーヒガンズの北区画。そこに、ネコンは住んでいる。

木造の建物が並ぶ道を通って彼の家まで着くと、丁度その家から誰かが出てくる所だった。革の外套《コート》を着込み、眼鏡をかけた男性だ。どこかに出かけようとしているように見える。

「背格好から見て、あれがネコンさんご本人ですね」

だとすると、俺たちは丁度いい時に彼の下を訪れたみたいだ。

エレーナが、嬉《うれ》しそうに頷く。

「これも天使様の思召《おぼしめし》ですね！」

「というか、面が割れてるなら、お前が付いてくるとネコンから、また来たのか？って不審に思われないか？」

平然と俺の後に付いてくるエレーナに向かいそう言うと、彼女は首を振る。

「大丈夫です！　チサトさんが直接ブリードさんと交友のある方とお話しされることも考えて、私はその方と直接お話はしてませんから！　その方の関係者の方にお話を伺ったので」

その言葉に、今度は俺が首を傾げた。

「だったら、何で一目であれがネコンだって断言できたんだ？」

「背格好や雰囲気は伺ってましたし、ネコンさんの家からそれと一致する方が出てきたら、もう決定じゃありませんか？」

出会いが出会いだ、そして会話した内容が内容だったので全く期待していなかったが、エレーナは頭の回転も速いようだ。そんな『修道女』が、何故《なぜ》空腹で倒れていたのかは不明だが、俺は彼女の言葉に小さく頷く。

「なるほど。では、ネコンとは俺が話すから、お前は余計なこと言うなよ？」

「がってんです、チサトさん！」

そう言って、こちらに親指を立てて笑うエレーナに何も答えず、俺はミルと手をつないでネコンの方へと足を向ける。もう無視されるのに慣れたのか、エレーナは特に何も言わずに付いてきた。

家の鍵を閉めているネコンの背中へ、俺は営業用の笑みを浮かべながら言葉を投げかける。

「失礼します。ネコン・フォーミストさんですか？」

「そうですが、貴方《あなた》たちは？」

扉の鍵を施錠し終えたネコンの茶色の瞳が、俺たちを捉える。ネコンは怪訝《けげん》な表情を浮かべて、こちらに向き直った。

「何か御用でしたら、日を改めて頂けませんか？　これから人と会う約束があるんです」

「そう時間は頂きません。申し遅れましたが、私どもはブリードさんの事件の調査をしているものです」

「……ブリードの？」

「はい。この度は、お悔やみ申し上げます」

そう言って頭を下げる俺を見た、ネコンの警戒心が僅かに薄まる。故人であっても知り合いの名前を出してきた腰の低い俺の様子を見て判断したのだろう。思惑通りに事が運んでいることに内心満足しつつ顔を上げ、いつもの調査をする時の、外向きの表情を俺は浮かべた。

「ネコンさんが、ブリードさんと特に親しくされていたと伺ったので、是非お話を伺いたいと思いまして。最近も、ブリードさんとはお会いになってたんですよね？」

「……はい。彼が亡くなる前日も、一緒に食事をしていました」

「何か、変わった所はありませんでしたか？」

「いえ、特には。ブリードは元々食が細い方だったので、前日も二人で肉料理を分けて食べていたんです」

「そうなんですね。お料理は、どちらのお店に？」

「いえ、外食ではなく、ぼくの家で。ブリードは結構偏食的な所があって、外で食べられるものを探す方が苦労するんです」

立て続けに、俺はネコンへ質問を重ねていく。

「では、食材を用意したのも、調理をしたのも、ネコンさんが？」

「はい、そうです」

「凄《すご》いですね！　ブリードさんとは、どういったご縁でそんなに仲良くなったんですか？」

俺がそう言うと、今まで明瞭に話していたネコンの口が、重くなる。

「それは、ぼくみたいな独り者とかが集まる会みたいなものがあって、そこで意気投合したんですよ。その、ぼくと彼は、境遇が似てたものですから」

だが、俺はそこでさらに踏み込んで質問をした。

「どんな事が似ていたんでしょう？」

「それは……。すみません、人を待たせているので、この辺で」

そう言って俺の脇を通り過ぎるネコンの背中へ、俺はなおも質問をぶつける。

「ブリードさんと似ているのは、ネコンさんが恋人を魔物《モンスター》、『牛頭怪人《ミノタウロス》』に殺されていることと関係があるんですか？」

そう、俺がネコンが気になった理由は、ここにある。エレーナの調査の結果、ブリードもネコンも、自分の最愛の人を牛頭怪人に殺されているという共通点があったのだ。もちろん、『復讐《ふくしゅう》屋』なんて俺の商売が成り立っている以上、魔物に知り合いを殺された経験のある人は、この世界には溢《あふ》れている。

だが、そういう人たちは復讐に走ったり、新しい生活をするため住居や仕事を変えたりと、何かしら生活に変化があるはずだ。かつて屍食鬼《グール》に父親を殺され、自分の息子を自分の手にかけた、あの男と同じ様に。

しかし、ブリードもネコンも、そうした様子が見られない。

ドゥーヒガンズから出ていくわけでもなく、引っ越すわけでもなく、仕事も変えず、服装も変えず。

牛頭怪人に殺された最愛の人と一緒に住んでいた場所も、変えていないのだ。

俺の言葉を受けたネコンが、こちらを振り向く。その顔には、一切の感情らしい感情が存在していなかった。

「……帰ってください。もう、貴方たちに話すことは何もありません」

抑揚を感じさせない声色でそう言って、ネコンはもうこちらを見ずに立ち去っていく。

彼の背中が見えなくなった辺りで、エレーナが俺の方へ近寄ってきた。

「こんな時間に人と会うなんて、ネコンさん、絶対怪しいですよ！」

「まぁ、人目につきにくい夜中に出かけるのは、それだけでも怪しいしな」

「そうですよ！　絶対会食ですよ、チサトさん！」

「……食事のことしか頭にないのか？　お前は」

「でも、やっぱり変ですよ。ネコンさん、どうして協会を頼らないんでしょう？」

その言葉に、俺は弾《はじ》かれた様にエレーナの方へ視線を向ける。

「おい、エレーナ。ネコンが協会に所属しているだなんて、聞いてないぞ」

「それは言えるわけないですよ。だって、私も知らなかったんですから」

「……何？」

「言いましたよね？　私、ネコンさんとはお会いしたことがなかったものですから」

エレーナの言葉に、俺は僅かに困惑する。

「だったら、何でネコンに話しかける前に言わなかった？　奴《やつ》を見た時に、関係者だって気づいたんだろ？」

「いいえ、匂いです！」

「……匂い？」

「はい！　こう、何かを信仰している人特有といいますか、何でしょう？　こう、美味《おい》しそうな食事を目の前にした時に感じるような、え？　チサトさんは香りませんでしたか？」

「しないな」

「そんな！　て、天使の様なミルちゃんは――」

「しない。エレーナ、へん」

「そ、そんな！」

逆に何でわかんないんですか？　と嘆くエレーナを放っておいて、俺は改めてミルへ視線を向ける。彼女は無感情な瞳で、首を小さく振った。

……流石《さすが》に、信仰についてはミルでもわからないか。

俺は『修道女』の方へ、視線を戻す。

「でも、待てよ。万が一エレーナが、何かを信仰している奴の匂いがわかるとして、それでネコンが協会に所属しているのが確定するわけじゃないんだろ？　何かを信仰はしているが、協会に所属していない可能性もあるわけだし」

「それはそうですけど、でも、たった一人で自分の信仰を続けていくのは、かなり辛《つら》いですよ。私も神殿程信者がいたら、協会には所属してませんし。それに、万が一じゃなくて、本当に私、わかるんですよっ！」

「そうかい。じゃあ後学のために聞かせてもらいたいんだが、ネコンからはどんな料理の匂いがしたんだ？」

「それが……」

そう言ってエレーナは、僅かに言い淀《よど》む。そして、こうつぶやいた。

「なんだか、あんまり、食べたくありませんでした」

「……美味しそうな食事を目の前にした時の匂い、って言ってたよな？」

「いや、美味しそうなんですよ！　でも、なんというか、こう、一口でいいや？　みたいな？　食べれば美味しいんでしょうけど、そんなに絶対食べたいかって言われたら、そうでもない、今じゃない、みたいな？　わかりませんか？」

「すこし、わかる」

珍しくミルが同意したのに、天使が小声でつぶやいたからか、あるいは『修道女』がまだぶつぶつと適切な表現を探ってつぶやいているからか、エレーナの耳にはその声は届かなかったようだ。

「でも、何でブリードさんは、ご病気になっちゃったんでしょうか？」

「それは、これから俺が調査することだ」

エレーナに向かって、俺は口を開く。

「ひとまず、ネコンを中心に調査すれば良さそうということまではわかった。お前もこれで、抱合分《サンドイッチ》は働いただろ？」

「はい、そうですね！　ひとまず、ここでお別れです！」

「そうだな」

ミルが、俺の方を見上げてくる。だが、この件はこれ以上エレーナを引き連れ回す必要はない。既にこいつの諜報《ちょうほう》能力の高さは把握できている。だが、把握できているのはそこまで。戦闘でこいつが役に立つかどうかは、まだわからない。石橋を叩《たた》いて渡っている様な状況だが、こいつの事を把握するのは、それぐらいの速度で十分だと判断した。

……石橋が崩れる時は、俺とミルが共にいられなくなるときだからな。

もう一度ミルへ視線を送ると、納得したかのように、小さく頷く。手を繋《つな》いで歩き出そうとした所で、エレーナから声をかけられた。

「あ、そうだ！　肝心な事を聞き忘れてましたっ！」

「何だ？」

「私、今日どこで寝ればいいんでしょう？」

「……それはもう、自分でどうにかしろ」

そんなぁ、と悲鳴を上げるエレーナが見えなくなった所で角を曲がり、路地裏に入る。そしてミルを抱えて解剖刀《メス》を引き抜き、俺は切除《レセクション》を放って、上空へと舞い上がった。風で揺れる髪に目を細めながら、俺はミルへと問いかける。

「ネコンの場所は、わかる？」

「わかる」

「……やっぱり、そうか」

「におう」

「場所は、どっちだ？」

「あっち」

ミルの指差す方へ、俺はさらに切除を発動。更なる跳躍を可能とした。ネコンが家を出るのを見た時、俺が丁度いいと考えたのは、奴と話をするだけでなく、これからネコンが向かう場所、そして奴が接触する誰かも押さえられるからだ。

ブリードの死因であるプリオン病。そしてブリードとネコンの過去。更にエレーナの感じた匂いとやらが本物ならば、ほぼほぼこの事件の全容は判明している。

……だが、出来るなら現物を押さえておきたい。

俺の予想通りなら、ネコンが今晩接触する相手から、あるものを受け取るはずだからだ。

ミルの指示に従い、俺はドゥーヒガンズの東側に向かって、右から左へ回り込むように移動する。夜風を文字通り斬り裂いて、俺は建物と建物の間を疾駆した。解剖刀の粒子が闇夜に散って、星明かりを鈍く照り返していく。

やがて俺は、眼下にネコンの後ろ姿を捉えた。深い路地裏に入っていく彼に見つからず、それでいて見下ろせるような建物の隙間に、俺は音を立てずに《殺して》、息を潜める《殺す》。

やがてその路地裏に、もう一つの人影がやって来た。陰鬱で沈鬱とした、湿度が鬱積したようなその場所で、二つの人影が重なり合い、金の代わりに何かを受け渡す。その手に渡った包を確認しようと、俺は僅かに建物の隙間から身を乗り出した。

そして俺は、驚きで両目を見開く。

完全に、俺の想定外の状況が、そこにはあった。

いや、想定内ではあったのだ。まだ確定ではないが、ネコンは恐らく俺の想像通りのものを受け取ったはずだ。それはいい。だが、それを受け渡した奴の方が問題だ。

俺はネコンへ何かを手渡した奴の顔に、見覚えがあった。いや、俺の知っている姿とは、随分と様子が変わっている。でも、間違いなく奴だ。しかし、何故《なぜ》あいつがここに？　そして、何故こんな事をしているんだ？

俺が混乱している間に、ネコンとその人影は受け渡しを終えて、別々の方向へと向かっていく。移動するための一歩目が遅れたが、ミルに袖を引かれ、俺は解剖刀を抜き放って、空を飛んだ。

そして上空を駆けた後、ネコンと取引していた人影の前へと降り立つ。

そいつは、突然夜空から降ってきた俺を見て一瞬驚いた様子だったが、降りてきたのが俺だと気づき、嫌らしく口角を歪《ゆが》めた。

「おやおや？　随分お久しぶりではありませんか、チサトさん。こんな夜に、一体どうしたっていうんです？」

「……それはこっちの台詞《せりふ》だ、ケルブート。お前の方こそ、一体何をしているんだ？」

そう。ネコンと何かしらの取引を行っていた男の名前は、ケルブート・ディイトン。

かつて俺の下へ事件解決の依頼を持ってきた、屍食鬼と結婚し、子供を生《な》し、父親を殺され、その子供ごと妻であり屍食鬼だったスノーを殺した男だ。

あの事件以来、俺はケルブートとは会っていない。だが、あの猛《たけ》り笑う狂騒を経て、ケルブートの印象はかなり変わっていた。痩せこけており、目に隈《くま》が出来ている。服は擦り切れており、何日も洗っていないのか、悪臭がした。そしてそこから覗《のぞ》く、かつて日焼けした肌は、白を通り越して青に近くなっていて、薄《う》っすらと皮膚に血管が見えている。

俺の言葉を聞いて、ケルブートが肩を揺らしながら笑った。

「何をしているのか？　だって？　見ての通りさ。オレは自分の子供と妻を殺した後、この東区で世捨て人同然の生活をして、どうにか生きてるんだよ！」

ドゥーヒガンズの貧困層が住まう場所で、もはや人懐っこい笑みを浮かべる事がなくなった男は、狂ったように猛り笑っている。

「家も売った！　金はある程度出来た！　でも、それも皆のためにすぐに使ってしまったよ！　皆のために、今までの仕事もやめちゃったしね！　だから精神崩壊した母と共に、生きて、ああ、でも、母さんもこの前死んだんだっけ？　わからないや。どっちでもいいしね！　ぎゃははははははははっ！」

最後に彼と別れた時に聞いた時と同じ笑い声を上げるケルブートに、俺は思わず眉を顰《ひそ》めた。だがそんな俺の反応が面白かったのか、奴の下品な笑いはさらに大きくなる。

「いやぁ、でも、あの時はすまなかったな、チサトさん。守銭奴や死体漁《したいあさ》りだなんて言ってしまって。でも、今ならオレも、君の事を理解できるよ。だってオレもやり方は違うけど、君と同じく、魔物《モンスター》に復讐《ふくしゅう》し、その方法を広めてるんだからねぇ、あはははははははっ！」

「……何？」

「オレは受け入れたんだよ、チサトさん！　スノーが起こした悲劇を！　その結末を！　その上で、そう！　オレは、新しい一歩を踏み出したんだ！　多くの同士と一緒に、踏み出したんだよぉ、ぎゃはははははははっ！」

ケルブートは、撥条《ぜんまい》が壊れた錻力《ブリキ》の玩具《おもちゃ》の様に笑いながら、俺の脇を通り過ぎようとする。だが俺の横に並んだ瞬間、奴は歩みを止めた。

「まさか『復讐屋』のあんたが、オレのやる事の邪魔はしねぇよな？」

「俺たちに危害を加えない、かつ、お前らを討伐する依頼がない限りは、な」

「……あぁ、そうだな。あんたは、そういう人だったたな」

そう言って、ケルブートは皮肉げに笑う。

「でもな？　そうやって余裕な表情を浮かべていられるのも、今のうちだぜ？　あんたは必ず、どでかいしっぺ返しを食らうことになるだろうさ！」

「……安心しろ。今、絶賛食らってるところだよ」

ケルブートの言葉で、『聖女』の事を思い出す。今はどうにかジェラドルを遠ざける事で接触を避けることに成功しているが、どこかで顔を合わせなくてはいけないかもしれない。

一方俺の言葉を聞いたケルブートは、それはいい、とこちらを嘲弄しながら今度こそ去っていった。

その背中に舌打ちした後、ミルを抱え上げて、俺は解剖刀を抜き、切除を放つ。今しがた覚えた不快感を吹き飛ばすように、俺はドゥーヒガンズの夜空を駆け抜けた。そして俺たちは、ネコンの家の前へと到達する。

自分の影に解剖刀を投げつけ、俺とミルの気配を消《ころ》し、施錠されている扉も解錠《ころ》して、俺は部屋の中へ入っていった。そして俺は視線を走らせ、ネコンがケルブートから受け取った包を探す。

ネコンの家は二人で暮らすには程よい大きさで、食卓や台所が並ぶ部屋に、他にも二部屋存在している。一方の部屋の扉から光が漏れているので、そこにネコンがいるのだろう。俺は迷わず、台所の方へと足を向けた。ネコンなら、受け取った包をその辺りに持っていくはずだと予想したのだ。そしてその予想通り、ケルブートから受け取った包が、台所に鎮座していた。俺はミルと共に台所へ歩み寄り、その包を、ゆっくり、そして丁寧に、解剖刀で剝がしていく。

　その中から出てきたのは、肉だった。だがその肉は、穴が空いて、海綿状となっている。俺が解剖した、ブリードの筋肉と同じような状況だ。

　……やはり、プリオン病に感染した肉か。

　と、その時、部屋の扉が開いた。ネコンが、部屋から出てきたのだ。気配を消しているので、俺たちはネコンに気づかれることはない。だが、俺が開けた包は別だ。台所に置いた時と状態が違う包を見て、ネコンが辺りを見回す。

「……誰か、いるのか？」

　当然、俺はその言葉に答えるわけがない。だが何かを勘違いしたのか、ネコンは勝手に一人で話し始める。

「……ブリード？　ブリード、なの、か？　まさか、お前、化けて、まさか魔物になって、今ここにいるのか？」

　ちがう、とミルの小さな唇が動くが、その声がネコンに届くわけがない。ネコンは体をわなわなと震わせ、頬を掻《か》きむしるように両手を動かすと、喉が裂けんばかりの絶叫を上げる。

「やったじゃないか、ブリード！　ついにお前は、念願かなって魔物になったんだなっ！」

その言葉に、俺はネコンを追いながら自分が立てていた推察が正しかった事を確信する。

……やはり、ケルブートがネコンに渡したのは、牛頭怪人《ミノタウロス》の肉だったのか。

食事は時に、信仰的な意味合いを持つ。

例えば宗教上、それは不浄なものだから口にしない、穢《けがれ》を自分の体に受け入れない、というものだったり。

例えば、食事を断つことで願掛けをしたりするものだったり。

例えば、口から何かを取り込むことで、その力を得たり、困難を克服しようとしたり。

……最愛の人を牛頭怪人に殺されたブリードとネコンは、牛頭怪人の肉を喰《く》うことで、牛頭怪人に復讐しようとしていたわけか。

つまり彼らは、魔物崇拝者だったのだ。もちろん、彼らが二人でその道に至ったわけではない。

……ブリードとネコンが出会った会というのが、ケルブートが開いた、魔物崇拝者の集まりだったんだろう。

ケルブートは、屍食鬼《グール》と姦通《かんつう》し、その相手に父親を殺され、更にその相手と彼女の子供を生して殺している。彼の身に起きた悲劇を彼が受け入れるには、その悲劇を起こした魔物を管轄下とすることで、その血を啜《すす》り、その肉を食らう事で自らの支配下に置くという崇拝対象《信仰》の考え方を肯定せざるを得なかったのだ。

そしてケルブートは自らと同じく、魔物によって悲劇に見舞われた人々を誘い、各々にあった魔物の肉を提供し、各自にあった復讐の考え方を伝授していたのだろう。

だが、元々『商業者』であるケルブートが、そんなにすぐに魔物の肉、つまり屍体《したい》を入手出来るわけがない。彼が口にしていた金がないという言葉は、そして皆のために使った金の用途とは、『冒険者』へ魔物の討伐、そしてその魔物の死骸、肉の入手を依頼していたからだろう。だが資金がなければ、屍体は手に入らない。しかし、そんなケルブートでも、屍体を自分で入手できる方法がある。

例えば、魔物同士で殺し合い、食べ残された屍体だったり。

例えば、病で倒れた魔物の屍体だったり。

……ケルブートが用意出来た牛頭怪人の屍体は、プリオン病に感染し、死亡したものだけだったんだろう。

牛がプリオン病に罹《かか》る疾患を、牛海綿状脳症、狂牛病と言ったりする。その肉を食べればもちろん人はプリオン病を発病するし、グアドリネス大陸に生息する牛系の魔物である『巨牡牛修羅《アリシユタースラ》』や『半牛半蛇《オフイオタウラス》』、そして『五角を持つ雄牛《クイノタウルス》』だけでなく、牛頭怪人も、当然狂牛病を発病するのだ。

「でも、君がそうなれたのは、ぼくのおかげだぞ！」

誰かに見られているとは露程も思っていないネコンは、高笑いを上げる。

「君は牛頭怪人の肉を喰らってその力を手に入れるのが目的で、ぼくは牛頭怪人を噛《か》みしめることで、奴《やつ》らよりもぼくが上の存在だって実感したかった！　でもいつしか、そんな復讐じゃ、ぼくは足りなくなっていた事に気づいたんだ。だからぼくは、牛頭怪人と同化しようとしている、ブリード《魔物》にも復讐する事に、回復薬《ポーション》を飲ませない事にしたんだよ！」

その言葉に、俺は内心頷《うなず》く。

俺は今回の事件について、何故ブリードがプリオン病に感染したのか？　という事を考えていた。だが、本当に考えるべきはそこではなかったのだ。

プリオン病に感染しても、回復薬さえ飲んでいれば発病はしない。

感染経路ではなく、プリオン病の治療そのもの、つまり、何故回復薬の摂取をしなくなったのか？　という事を考えるべきだったのだ。

……結果は、魔物崇拝者の歪んだ思想で、ブリードは適切な治療がなされなかった、というわけだ。されなかったんだ。

ネコンは笑いすぎて、涙を流しながら床に這《は》いつくばる。

「ケルブートには、絶対回復薬を飲めって言われてたけどね！　でも最初、君はやつれていきながらも、どんどんと何か新しい感覚に目覚めてるって言ってたよね？　嬉《うれ》しそうな顔をしてさ！　それが、まさか死ぬだなんて！　ぼくの手で、まさか牛頭怪人《ブリード》を殺せるだなんて、最高の体験だったよ、あれはっ！」

床を叩《たた》きながら、ネコンは笑っている。床を叩く度に、どんどんと透明な雫《しずく》が零《こぼ》れ落ちていった。

「本当に、ぼくが殺したなんて、傑作だよ！　こんなに、簡単なら、他の人に、牛頭怪人の肉を、喰わせて……」

そこからは、ネコンの啜り泣きが家の中に響いていく。二人で暮らすには適しているが、一人で暮らすには広すぎる家の中へ、彼の慟哭《どうこく》が染み込んでいった。ネコンも、理解しているのだ。ブリードの様な存在が、二度と自分の下へ訪れないという事に。

そもそも、他の人に簡単に牛頭怪人の肉を食べさせることが可能なのだろうか？　他に食べるものがあるのに、進んで魔物の肉を食べようと思う人は少ないだろう。

では仮に、牛頭怪人を喰わせてプリオン病に感染させる事が出来たとする。だが、そこからもうブリードと同じ状況を作ることが出来ない。何故《なぜ》ならアブベラントの人々は、体調に異変があれば回復薬を服用するからだ。ブリードが回復薬を飲まずに生活出来たのは、疾患による違和感や痛みを、宗教的な快楽と錯覚していたからに過ぎない。

牛頭怪人に、復讐する。

ただその一点のみで支えられている信仰であるが故に成り立った、ブリード以外ではありえない状況なのだ。

だからもう、ネコンが欲する、牛頭怪人を自分が殺したと思える、彼が求める復讐という信仰の達成感を得ることは不可能だ。

それ以上に、自分の信仰のために同じ境遇の、そして自らの過去を話し合えた親友を自らの復讐の為《ため》に捧《ささ》げた男の隣に、一体誰が並び立ってくれるというのだろう？

そこまで考えて、俺は自嘲気味に笑みを浮かべる。

……何か一つのもののために全てを切り捨てる選択をしたのは、俺も同じか。

そう思う俺の指を、ミルが強く握りしめた。確かに、俺は一人ではない。俺の隣には、ミルが居てくれる。いや、俺はそのために全てを捨て去ったのだ。

……アブベラントの秩序を守るまだ見ぬ『聖女』様は、こんな俺の在り方を、認めはしないだろうな。

小さく、帰ろうか、と言うと、天使は僅かに頷いた。俺は牛頭怪人の肉を懐に収めて、ネコンの家を後にする。牛頭怪人の肉がなくなった事に気づいたネコンは、それをもう一度入手しようとするだろう。だが、入手する際ケルブートは牛頭怪人の肉を仕入れる時間が必要となる。だがその間に、依頼人のチュウがネコンをどうするのか判断する時間は稼げるはずだ。

……あくまで俺が依頼されたのは事件の原因究明であって、犯人を殺すことじゃないからな。

それに、ネコンを放置していてもプリオン病がドゥーヒガンズに蔓延《まんえん》する可能性が低いことも確認できた。ならばもう、後の判断はチュウに委ねる事にする。

俺はネコンの家を抜け出して、解剖刀《メス》を投擲《とうてき》し、抱えたミルと共に空を駆ける。俺の耳は、まだネコンの嗚咽《おえつ》を捉えていた。その声は、何故自分がこんな不遇な状態で生きていなければならないのかという、生きることを選んでしまったのかという、自らの悲運を呪う、悲痛で、悲惨な悲哀の叫びのようにも感じられる。

歔泣《きょきゅう》を振り払うように、俺はミルと共に宙を滑空する。見れば空は、漆黒から瑠璃へと変化しようとしていた。

もう、日が昇るのだ。


「ふぁふふぁふ、ふぉういふふぉふぉふぉふぁっふぁんふぇふね」

「だから、喋《しゃべ》る前に食え。口の中のものを飲み込んでから喋れ」

チュウに事件の報告をした後、空腹を訴えるミルのためにドゥーヒガンズの市場をぶらついていたのだが、どういうわけかまた道端に転がっているエレーナを見つけてしまったのだ。当然無視して道を変えようとしたのだが、俺たちに気づいた『修道女』は周りの目を全く気にせず泣き喚《わめ》き始めたため、仕方なくこうやって飯で口の蓋をすることにしたのだ。

出店が路上に並べた机《テーブル》に腰を落ち着けるが、俺はそこまで腹は減っていない。一方ミルも食事をしているので俺は手持ち無沙汰になり、エレーナにブリードの件の顚末《てんまつ》を伝えたのだ。だがしかし、この女にはどうやら、食事中まともなやり取りを期待してはいけないという気づきを得る結果となった。

「そういや、エレーナは結局宿はどうにかなったのか？　あ、飲み込め飲み込め。今の状態じゃ何言ってるのかさっぱりわからん」

口の中のものを洋杯《コップ》の水で流し込み、エレーナは笑いながら口を開く。

「はい！　天使様の思召《おぼしめし》なのか、丁度いい所がありまして！」

「………おい。宿に泊まれるって事は、お前金持ってるんじゃねぇか。自分の金で飯食えよ」

「いえいえ、チサトさん！　早とちりしてはいけません！　私、宿に泊まってるとは一言も言っていないじゃないですか！」

「……だったら、どこに泊まってるんだ？」

「ぼろや？」

「ミルちゃん、大正解！　天使様に匹敵する聡明《そうめい》さですね！　潰れた教会でも、なんとか屋根と床と壁はありますからっ！」

そう言って嬉しそうに笑っていたエレーナが、急に真顔になって大通りの方へ振り向く。

そして、心底嫌そうな顔をした。

「チサトさん、ミルちゃん、この場を離れましょう。売女《ばいた》の臭いがします！」

「……何言ってるんだ？　お前」

そもそも、まだミルが食事中だ。この場を離れるという選択肢が、俺の中に存在しない。

改めて机一杯に広がる皿の数を見て、俺は溜息《ためいき》を吐《つ》いた。

……依頼をこなせたのはいいが、食費で赤字になりそうだな。

そう思っていると、一向に動こうとしない俺たちに、エレーナが焦りだす。

「ああ、もう！　本当に、ここにいるのはまずいんですって！　近づいて来てるんですよっ！」

「……何が？」

「エレーナ、いみふめい」

「だから、もう！　何で何も感じないんですか？　うっ、このゲロマズそうな臭い……。や、やっぱり間違いないです。これ、あいつの臭いですよっ！」

その言葉に、俺も危機感を感じる。エレーナが臭いを感じたということは、何かしら信仰を志している人物が近くにいるということだ。そして協会に属している存在に対しては、美味《おい》しそうな料理の匂いに感じるらしい。

では逆に、これほど嫌悪感を感じる臭いとは、一体どういう信仰をしている人なのだろう？

普通に考えれば、協会とは反対側の存在という事になりはしないだろうか？

つまり、神殿の関係者だ。

そしてドゥーヒガンズには、今神殿の関係者として訪れている奴らが存在する。

それは――

「すみません。少し、お時間よろしいでしょうか？」

とても、澄んだ声色だった。聞くもの全てに安心感を与え、話をしているだけで心が洗われるかのような、そんな女性の声。だが俺はその声を聞いて、全身に鳥肌が立っていた。

周りの人たちから、その声の持ち主の名前を呼ぶ声がする。

「『聖女』様だ！」

「エウラリア様！」

「相変わらず、いつ見てもお美しい！」

声が発せられる度、その声が大きくなる度、『聖女』を一目見ようと、人だかりが増えていく。人だかりの山が一瞬にして出来上がり、今もなおその数を増している。この場を自然に逃げ出す難易度が一秒毎《ごと》に上がっていく焦燥感に、俺の背中に冷や汗が流れ落ちた。

食事の手を止めているミルと目を合わせた後、俺も後ろの方へと振り向く。そこには、確かに美しい女性が立っており、絢爛豪華《けんらんごうか》な武具を身に着けた男たち、『聖騎士』を引き連れて立っていた。

彼女は陶磁器のような肌に、紅葉色の瞳。肩まで伸ばした白菫《しろすみれ》色の髪は太陽の光に照らされて、艶やかに光らせながら、微笑《ほほえ》んでいる。

『聖女』、エウラリア・バルメリダその人が、俺の眼前に立っていた。

その事実に、俺の脳裏に疑問が渦巻く。

……何故こんな所に、エウラリアが？

予定の詰まっている『聖女』がわざわざ俺の前に訪れる理由が、全くもってわからない。

そう思っていると、エウラリアは俺の方ではなく、別の方向へ視線を向けているのに気が付いた。

「……ドゥーヒガンズに帰還して妙な気配を感じてみれば、その格好。貴女《あなた》は、協会の『修道女』様かしら？」

「お前に答えることなんて何もな、うぷっ、に、臭いが……」

発言の内容から推察するに、どうやらドゥーヒガンズに戻ってきた『聖女』がエレーナの存在に気づき、向こうから『修道女』の方へとやって来てしまったらしい。つまり、完全な不可抗力だ。

自らの不運を呪うしかない最悪な状況だが、エウラリアの興味がエレーナにある間は、俺の事など見向きもしないだろう。幸い、『聖女』の護衛として控えていた『聖騎士』たちは、エウラリアに向かって臭いに関する罵詈雑言《ばりぞうごん》、売女の羊水の臭いがするだの、溝《どぶ》の汚水の方がまだその臭いよりもマシだの、を浴びせるエレーナを黙らせようと、怒りで手にした得物を掲げんばかりの勢いだ。

騒ぎが大きくなったためか、冒険者組合《ギルド》が派遣したであろう『冒険者』たちが、人波をかき分けてやって来るのが見える。見れば、ジェラドルの姿もあった。『冒険者』たちがこちらに向かってくることに気づいた『聖騎士』の一人が、『聖女』になにやら耳打ち。それにエウラリアは小さく頷《うなず》くと、後ろを振り向いた。『聖騎士』の助言を聞き入れたという事は、どうやら、冒険者組合と揉《も》め事《ごと》を起こすのを避けたいらしい。

……幸い、俺たちは興味を持たれなかったみたいだな。

内心安堵《あんど》の溜息を吐いて、俺は改めて席へ向き直る。

……後はこの場で、変にジェラドルとエウラリアが接触しなければいいのだが。

本当であればジェラドルに声をかけたりして足止めをしたい所だが、今声をかけると距離的にあの盗賊顔と『聖女』を引き合わせる形に繋《つな》がりかねない。それにこの場で何か動くと悪目立ちして、エウラリアが俺たちに興味を持つ可能性があるからだ。

残念ながら、これからの流れは運を天に任せる他ないらしい。

そう思っていると、ミルが俺の方を見ていることに気がついた。

いや、違う。

ミルは、俺の後ろを見ている。

俺の後ろにいる、誰かをミルは見ているのだ。

ミルの視線、その途中に存在する俺の肩を、その誰かが叩いた。


「ではチサト様。また後ほど」


「『聖女』様、待ってください！　お話が、『幸運のお守り』について、お力を借りたいことがっ！」

ジェラドルのそんな声が、人混みに掻《か》き消されていくのも、今の俺は気にならない。

「『幸運のお守り』？」

「行きますよ、エウラリア様」

今度こそ、『聖女』は『聖騎士』に引き連れられて、この場を去っていく。そのやり取りも、俺が今意識を向けるものではないと感じてしまう。

エウラリアが『聖騎士』たちを引き連れてこの場を離れていくまでの間、自分の全身の血管、体の末端まで張り巡らされている毛細血管も含めて、血液が光の速さで循環しているんじゃないかと錯覚するほど、俺の心臓は高速で伸縮を繰り返していた。

……何故《なぜ》だ？　どうして『聖女』は俺の名前を知って、いや、何故あいつは、最初から俺に興味を持っていたんだ？

エレーナの存在が気になってエウラリアがやって来たと考えていたのだが、俺の名前を把握していた時点でその推測は瓦解する。俺がエウラリアから話しかけられた事について、眼《め》の前《まえ》で『修道女』が抗議の声を上げているが、今の俺には、それに構っていられる余裕が僅かばかりも存在していない。

俺が唯一、今わかる事は。

想定している最悪な状況に一歩、近づいてしまったという事だけだ。

「だから、何でわかってくれないんですかっ！」

「サフィこそ、どうして理解できないんだ？　ジムタピルサーカの連中とは、一度白黒はっきりつけないといけないんだよ！」

「どうして？　どうしてその手段が暴力なのですか？　我々には、言葉があります。手足があり、働くことだって出来ます！　例えば、仕事の出来で優越を決める方法もあるのではないですか？」

「組織犯罪集団《マフィア》である俺たちの仕事が、どういうものか知ってて言ってるのか？」

肥沃な土地《オアシス》で聞こえてきたその声に、僕は苦笑いを浮かべた。サフィとブライが言い合いをしているその光景は、そしてそれをラワュシァヴサバの面々が生暖かい表情で眺めている様子は、もはや僕にとっても見慣れたものとなっている。

　結局、僕がラワュシァヴサバに同行する許可は、サフィからもらえていた。ただし、誰も傷つけない、という制約付きではあった。でも、サフィも僕の傍《そば》に常にいられるわけもなく、僕は自分の力を既に何回も使ったことがあった。

もはやあってないような条件ではあるけれど、双子の弟だけでなく、他のラワュシァヴサバの仲間からも非暴力による解決を否定されても折れない心を持っているサフィに、僕は素直に感心していた。

……信仰の力が為《な》せる業、なのかな。

何かを信仰し、信奉出来る人たちは、強い。これだと信じることができる神々や崇拝対象を疑いもせず、ただひたすら盲目的にその教えにしたがって、邁進《まいしん》していくのだ。そんな人たちが、弱いわけがない。

そして事実、そういった人たちには、本当に力が与えられる事もある。何かしらの信仰を持つ人たちは、このアブベラントでは《信仰魔法《ディバイン・マジック》》の適性が高い傾向があるからだ。

何かしらの信仰に関する力を使う《魔法》は、そのまま自分の信じる信仰の大きさによって、その強さによって、力を増す。そのため、ニーターナサ教を信仰しているラワュシァヴサバとジムタピルサーカに所属している人は、信仰魔法を使える人たちが多い。

……ラワュシァヴサバだと、やっぱりサフィが一番信仰魔法の適性が高いよね。

僕も、サフィのその力を見たことがある。確かに、あれ程の力を得たのであれば、非暴力による解決という絵空事を信じたくもなるだろう。僕の暗殺者《アサシン》としての才能が切除《レセクション》という技能《スキル》に集約されたように、サフィの才能も、ある強力な技能へと集約されていた。

「大変だ！　ジムタピルサーカの奴《やつ》らが、こっちに向かってるらしい！」

聞こえてきたその声に、サフィとブライが弾《はじ》かれたように顔を上げる。ブライが気難し気に、眉を顰《ひそ》めた。

「数は？」

「二十から、三十ぐらい。でも、その中にナラヤンがいるらしい」

ジムタピルサーカをまとめる党首の名前を聞き、ブライは舌打ちをした。

「だとすると、こっちはその倍は人が欲しいが……」

「倍どころか、こっちはその半分ぐらいしか人が居ないぞ、ブライ！」

その言葉に、ブライは苦渋の表情を浮かべる。組織犯罪集団として活動している以上、所属している全員が一箇所に集まり続けることは殆《ほとん》どない。特にラワュシァヴサバは組織犯罪集団という組織ではあるものの、主な活動は冒険者組合に依頼が出来ないような貧しい人たちの後ろ盾となるような仕事が多い。

これはラワュシァヴサバを取りまとめているサフィの意向が反映されている結果なのだろうが、逆に言えばそうした依頼人たちを守るために、ラワュシァヴサバの面々は十人程の単位でカムルカフール共和国に散り散りになっている。もちろん、その中には戦闘に向かない人も含まれていた。今回はそれが仇《あだ》となり、ジムタピルサーカに対して人数的に不利な状況になってしまったのだ。

でも、そうした状況を覆すために、僕はブライに呼ばれて、ここにいる。

「チサト。頼めるか？」

小さく頷き、僕は懐の解剖刀《メス》を手でなぞった。人を集めてジムタピルサーカを迎え撃とうとするブライの前に、サフィが立ちはだかる。

「待ちなさい！　またこの大地に血を流そうというのですか？」

「やらなきゃ、やられるんだ。仲間が傷つくぐらいなら、俺は相手を傷つけることを選ぶよ、サフィ」

「……わかりました。では、今回は私がどうにかします」

そう言ってサフィは眉を僅かに立て、魔除宇装束《ソロチカ》を靡《なび》かせながら肥沃な土地の外へと向かっていく。それを見て、肥沃な土地に漂っていた不穏な気配が、和らいだ。ラワュシァヴサバの面々は、知っているのだ。彼女が前線にいる場所だけは、サフィの夢物語が、甘ちゃんが掲げる理想郷が実現できるのだ、と。

……問題なのは、サフィがいない所では、その理想郷が御伽噺《おとぎばなし》の様な夢物語に戻ってしまう事なんだけどね。

そう思っている僕の前を、一人、また一人と人が続き、移動を開始していた。その先頭にいるのはサフィで、それに気づいた双子の姉が、驚いたように後ろを振り返る。

「皆さん、付いてきて頂かなくて大丈夫ですよ？　私の力の事は、知ってますよね？」

「だからって、サフィ一人でジムタピルサーカの連中の前に出せないよ」

「そうだよサフィちゃん！」

「サフィが凄《すご》いのは知ってるけど、心配なものは心配なのよね」

「いつもの残念さが、ここで出ちゃうかもしれないし」

「肝心な所で、やっぱり甘ちゃんだろうしねぇ」

「も、もう！　心配してくださっているのか、貶《けな》そうとしているのか、どっちなんですかっ！」

　涙目になりながら頬を膨らませるサフィは、それでも歩き出した時には、満更ではなさそうな表情となり、道を進んでいく。結局彼女の後ろには、僕を含めて十三人、この肥沃な土地にいる全ての人たちが集まってきていた。

　非暴力を掲げるサフィを先頭に、ラワュシァヴサバの面々が、砂漠土を巻き上げながらこちらに迫る彼ら、ジムタピルサーカと向かい合う。駱駝《らくだ》に跨《また》がり訪れた彼らの先頭に、一際目の鋭い女性がこちらを睨《にら》みつけていた。

　猫の様な尖《とが》った耳と、金糸雀《カナリア》色の猫目。灰色の毛並みをした刺繍《ししゅう》の施された知識露衣装《ルバシカ》を着込むその女性の名前は、ナラヤン・ラマチャンドラ。ジムタピルサーカの党首をしている、獣人《セリアンスロープ》だ。

「ほう、これは運がいい。まさか、ブラヴァツキーの双子がいるとは。小官の願いが、ついに今日叶《かな》いそうだ」

　集まった僕らを睥睨《へいげい》して、ナラヤンは猛獣の様に笑う。ブライたちは身構えるが、サフィだけは小首を傾《かし》げていた。

「願い事って、何なのでしょうか？　ナラヤンさん」

「……決まっているだろう。貴様らラワュシァヴサバを解散させ、このくだらない争いを終わらせる事だっ！」

激昂《げきこう》するナラヤンの気迫に押されて、ジムタピルサーカの面々は歓声を上げ、ラワュシァヴサバの人々の顔に緊張の色が戻ってくる。しかしそれとは対象的に、サフィは嬉《うれ》しそうに笑って手を叩《たた》いた。

「そうよね、ナラヤンさん！　争いごとは良くないわ！　そこで、どうかしら？　ブライもいることだし、この後一緒にお茶でも飲みながら今後について話し合わない？」

その言葉に、ナラヤンは一瞬怒った様な、それでいて困った様に、眉を下げる。

「……お前が出てくると、どうにも調子が狂う。おい、ブライ！　お前の方が話が早い！　とっとと決着をつけるぞっ！」

「俺も気持ち的にはナラヤンに賛成なんだけど……」

「駄目です、争うなんて！　ましてや私の目の前で暴力を振るうだなんて、絶対許しませんっ！」

サフィの言葉にブライは肩をすくめて見せ、ナラヤンは特大の舌打ちをした。ジムタピルサーカを率いているナラヤンもサフィと何度もぶつかっているため、当然彼女の技能については知っている。それ故彼女は、手を出せない。いや、手を出しても無駄だと理解しているのだ。

そんな中、ナラヤンの後ろに控える一人の男が、拳を振り上げながら声を上げた。

「ナラヤン、何をしてるんだ。相手は全員揃《そろ》ってるんだから、今まとめてやっちまえばいいじゃねぇか！」

　ジムタピルサーカはラワュシァヴサバと違い、組織犯罪集団らしい、恐喝や強請《ゆすり》、薬物売買といった活動を過去から現在も継続して行っている。そのため、宗教的な繋《つな》がりではなく、単に金のためにジムタピルサーカに所属している人も少数ではあるが存在していると、ブライから聞いたことがあった。サフィの力を知らないということは、彼は恐らく、そういう内の一人なのだろう。

　ナラヤンが冷めたようにその男を見つめ、鼻で笑う。

「……そう思うなら、お前がやってみればいい。奴らを傷つける事が出来たのなら、ジムタピルサーカの党首の座は、お前にくれてやろう」

「へっ！　その言葉、忘れるなよ！」

　そう言うと男は駱駝に鞭《むち》を打ち、こちらに向かって雄叫《おたけ》びを上げながら突撃してきた。顎が外れそうな程大きく口を開けて発せられる、その野太い声を前に、サフィはただ静かに向かい合っている。また男が駱駝に鞭を打ち、移動速度がまた上がった。駱駝の蹄《ひづめ》が砂を舞い上がらせ、こちらの方へと迫りくる。徐々に僕たちとの距離は縮んでいき、ついに駱駝の蹄がサフィに触れるかという、その瞬間。

　男と駱駝が分厚い壁にぶつかった様に、吹き飛ばされた。

男は地面へ強《したた》かに打ち付けられ、その上に駱駝が降ってきて、骨が折れた音が聞こえる。

サフィはそれを、自分の眼前に生まれた半透明に輝く盾の前で見つめていた。

これが、サフィの技能、《邪悪を退ける神託《アイギス・プラエズイディ・シビュラ》》だ。

この技能は、会話する両者の信仰の差によって歩み寄りが為されない場合、サフィに対しての攻撃が全て無効化されるという、出鱈目《でたらめ》な力だ。ここでいう無効化される対象は、間接的な攻撃も含まれている。そして比較する信仰の対象は、何も信仰していない僕のような無神論者にも適用されるのだ。

簡単に言ってしまえば、サフィの非暴力による解決を受け入れない存在からの攻撃は、全て無効となる。この力をサフィは神々からの『神託《オラクル》』だと考えており、この神託が顕現したのは非暴力という自分の信仰へ信奉していたためだと、より自分の考えが正しいのだと信じ、その結果防御力が上がるという循環を経た結果、彼女の神託は今や絶対的な防御力を誇る結果となっていた。

邪悪を退ける神託を見て、ナラヤンが目を細める。

「……やはり厄介だな、その力は」

「力ではありません！　皆が明日、平和に手を取り合える様に、わかりあえる様に、暴力を破棄するための尺度ですっ！」

「ふんっ、それが力でなくて、一体何なのだと言うのだ？」

ナラヤンは侮蔑した表情を浮かべて、サフィを一瞥《いちべつ》する。

「組織犯罪集団《マフィア》の小官たちに、暴力を捨てろと言うのか？　小官たちに残っているのは、祖先から受け継いだ組織犯罪集団という暴力の力だけだ」

「違いますよ、ナラヤンさん！　ニーターナサ教という、立派な考え方が私たちの中には根付いているはずです！」

その言葉に、僅かにナラヤンも頷《うなず》いて同意する。

「その通りだ、サフィ。小官たちは、より大きな困難に立ち向かい、そして打ち勝つ必要がある。たとえ、この身に不浄な存在を取り込んだとしても、お前たちという困難を乗り越え、取り込み、小官たちはより大きな困難に立ち向かって行くべきなのだ！」

その言葉に、サフィが悲しそうに顔を伏せる。以前ブライが言っていた通り、信仰のあり方の違いが組織の違いとなっているのだ。

ラワュシァヴサバもジムタピルサーカも、ニーターナサ教の信仰の根底にある困難に立ち向かう事を肯定する考え方は変わらない。だが、その困難への考え方が違っている。

ラワュシァヴサバは困難に対し、それを乗り越えるために協力して事に臨み、神々からの恩恵を仲間と分け合おうという考え方をしている。

一方ジムタピルサーカは、より多く神々からの恩恵を受けるため、積極的に大きな困難を自らに呼び込もうとしている。つまり、恩恵の独占をしようとしているのだ。

……ナラヤンの口ぶりだと、不浄な存在を取り込むことでより困難な状況を欲していて、さらに乗り越えた困難とすら同一化する事で、より多くの恩恵を得ようとしてるんだろうな。

僕の前世でも、神への境地へ達する方法の一つとして、不浄と向き合う教徒も存在していた。彼らは不浄としての死を歓迎し、時に死者の肉も口にする。

……クールー病に感染する可能性もあるけど、この世界ではあり得ないからな。

そう思っていると、ナラヤンが駱駝の向きを変えて、舌打ちをした。

「サフィがこの場にいる以上、負けはしないが、小官たちの勝利もない」

「では、もう争うのを止《や》めてくださるんですね！」

「今日に関しては、な」

ナラヤンはサフィに向かって、猛禽類《もうきんるい》の笑みを浮かべる。

「お前相手に勝てはしないが、他の連中ならどうだろうな？」

「……まさか、他の仲間に手を出す気ですか？　彼らは貧しい人たちの力になっているだけですよ！」

「それはそれで、小官たちが冒険者組合《ギルド》などから非難される事が増える結果になっている。元は同じ組織犯罪集団なのに、こうも違うのか、と」

その言葉に、サフィは理解できないとばかりに首を振った。

「だったら、あなたたちも私たちと同じ事をすればいいじゃないですか！　助け合えばいいじゃないですかっ！」

「……そういう生き方を、出来ん奴《やつ》もいるんだよ、世界には」

ナラヤンはそう言って、皮肉げに笑う。

「いずれにせよ、小官たちの困難は、間違いなくお前たちだ。お前たちの困難は、小官たちだ。どちらが神々の恩恵を得られるのか、そろそろ決着をつけよう。行くぞ！」

そう言って、ナラヤンたちは砂塵《さじん》を舞い上げながら、この場から立ち去っていく。それを見送るサフィの後ろで、ブライが僕の方を振り向いた。僕は、頷きを以《もっ》て返す。

……きっとこれから、今まで以上にジムタピルサーカとぶつかる回数が増えるだろうな。数だけでなく、規模も大きくなる。先程のナラヤンの発言を聞いて、そう考えない人はいないだろう。サフィの理想をよそに、相手は徹底的に争うことを選んだのだ。

ナラヤンたちの姿が見えなくなり、サフィがこちらに振り向いた。僕はこの時、彼女が悲痛な表情を浮かべていると思っていた。

でも、違った。

サフィは、微笑《ほほえ》んでいたのだ。

皆が呆気《あっけ》に取られていると、サフィははっきりとした口調で、言葉を紡いでいく。

「どうですか？　皆さん！　私の言った通り、争うことなく事を収めましたよっ！」

その言葉に、ブライが僅かに眉を顰《ひそ》める。

「いや、でもサフィ。ナラヤンたちは、争うことを選んだじゃないか」

「ですが、今日争うようなことはありませんでした！　なら、今日という日を、一日ずつ繋いで、続けていけばいいんです！　そうすれば私たちは、永遠に争う事はありませんからっ！」

そう言って嬉しそうに笑うサフィを見て、周りの人たちの間にも、知らず知らずのうちに笑みが浮かぶ。ナラヤンたちの襲来で漂っていた緊張感が、霧散していた。ブライが諦めたように頭を掻《か》いて、溜息《ためいき》を零《こぼ》す。

「争わなくていい日を続けるって言うんなら、もう俺の皿から勝手に自分の好きなもの取っていくの止めてよね、サフィ」

「あ、あれはもうブライが食べないと思ってたっ！」

周りから、どっと笑い声が上がる。サフィたちを囃《はや》し立てながら、皆自分の場所へと戻っていった。サフィが目指しているのは、こうした穏やかな時間を全員で共有することなのだろう。こうした穏やかな時間を生み出すために、皆で汗を流すことなのだろう。それはとても素晴らしく、そしてとても美しい理想だ。

……ずっと、こういう光景が続けばいいのに。

その願いが叶うのは難しい、いや、不可能だとわかっているのに、僕もそう願わずにはいられなかった。

でもそうした願いは、予想通りの結果へと、僕が考えている以上の速度で向かっていくことになる。

■■■■■■■■■■■■■■■■■■■■

「全く！　一体どこに行ってたんですか？」

町の入口からミルと共に歩いて家に帰っている途中、そう声をかけられた。丁度今しがた依頼を終えて、ドゥーヒガンズに戻ってきたばかりだったので、俺は少しだけ眉を顰める。ミルの手を握りながら振り返ると、予想通りエレーナがそこに立っていた。

「最近姿が見えなかったんで、心配したんですよ？」

「奢《おご》ってもらえる相手がいなくなるからか？」

「それもありますけど、天使の様に可愛《かわい》いミルちゃんが心配じゃないですか」

ね？　とエレーナは笑いかけるが、ミルは『修道女』を無視して、俺と一緒に歩みを進めている。

「ミルの無事を確認出来たのなら、もう用はないだろ？　頼みたい仕事もないから、どっか行ってくれよ」

追い払おうと手を振るが、エレーナはそれを躱《かわ》す様に俺たちの進行方向へと回り込んだ。こちらを向いた後ろ歩きの状態で、『修道女』が笑う。

「まぁまぁいいじゃありませんかぁ。私たちの仲ですしぃ」

「どんな仲だよ。こっちは討伐依頼を終えて、戻ってきたばかりで疲れてるんだよ」

「おなかすいた」

「あら！　天使なミルちゃんもこう言っている事ですし、どこかで食事でもしませんか？　チサトさん！」

「……お前、それを狙ってたな？」

「さ、さぁ？　何のことか、私、わかりませんねぇ」

わざとらしく口笛を吹くエレーナに舌打ちをして、俺たちは出店が出ている通りへ足を向ける。適当な露天の店、そこに用意されていた机《テーブル》について、お品書きを眺め始めた。すると、エレーナが目を輝かせながらこちらに振り向く。

「チサトさん！　どうやらこのお店、今日捌《さば》いたばかりの羊のお肉があるみたいですよっ！」

「たべたい」

「流石《さすが》ミルちゃん！　私たち、意見が合いますね！」

「そんなことない」

そんな！　と叫ぶエレーナを置いておいて、俺は店員を呼んで羊肉を中心に料理を注文する。それなりの量を頼んだが、下手するとこの二人なら、羊一頭分、丸々食べきってしまう可能性があった。

「大飯食らいが一人増えるってわかってたなら、家に帰ろうとせず、先に冒険者組合に行って今回の依頼料を回収しておくべきだったか」

「そういえばチサトさん、今日の依頼はどんな内容だったんですか？」

「むしたいじ」

ミルの言葉に、俺は頷く。虫退治と言っても、実際に行ったのは蜂系の魔物《モンスター》の討伐だ。

場所は、かつてシエラ・デ・ラ・ラメが建っていた辺り。エミィとルソビッツが居なくなった影響か、あの辺りの魔物が増えているのだという。魔物たちも群れとなり、縄張り争いも頻繁に発生するような状況だった。これでは『商業者』も移動できないと、『商業者組合』から冒険者組合に依頼があり、それが俺の方にまで回ってきたのだ。

……ファルフィルから情報を仕入れて、元々そっちの方面には仕込みを行いに出向く予定だったから、この依頼は結果的に渡りに船だったたな。

「俺が今回討伐したのは、『殺人蜂《キラービー》』、『毒蜜蜂《ハニービー》』に、『骸牛蜜蜂《アリスタイオスビー》』といった蜂系の魔物だな。こういう奴らの数を減らすには、魔物本体をひたすら倒すというより、巣を駆除する必要があって、ドゥーヒガンズに戻ってくるまで時間がかかったんだよ」

……まぁ、時間がかかった理由は、他にもあるんだが。

そういった俺の内心を知る由もないエレーナは、大変でしたねぇ、と言いながら、背伸びをして厨房《ちゆうぼう》の方を覗《のぞ》いている。俺は呆《あき》れたように溜息を吐《つ》いた。

「お前、さっき頼んだばっかりで、そんなにすぐ出てくるわけないだろ？」

「いや、わからないですよ！　鮮度がいいんですから、生食で出してくれるかもしれないじゃないですかっ！」

「なま、たべたい」

「残念だけど、生食の料理は載ってなかったよ？　ミル」

無言でこちらを見上げるミルへ、お品書きを渡す。と、視界の端に、俺たちの方にやってくる人影が見えた。そちらへ視線を移すと、その人影は不機嫌そうな顔をしたジェラドルだとわかる。

「おいチサト。依頼が終わったんなら飯なんて食ってないで、冒険者組合に顔を出せよ」

「今ドゥーヒガンズに着いたばっかりで、疲れてるんだよ。依頼はこなしてきたんだから、文句はないはずだろ？」

舌打ちをするジェラドルに、俺は肩をすくめて問いかける。

「たまたま通りかかって俺の顔が見えたから、嫌味でも言いに来たのか？　どうやら、随分暇になったらしい。『幸運のお守り』事件の調査から外されたのか？」

「お前に、新しく依頼がある」

俺の軽口を無視してつぶやかれたその言葉に、俺は怪訝《けげん》な顔でジェラドルの方を一瞥した。

「また冒険者組合から魔物の討伐依頼か？」

「いいや、違う。この依頼は冒険者組合からじゃない」

「何？」

嫌な、予感がする。冒険者組合からの依頼をジェラドルが持ってくることは、まままある。

だが、冒険者組合が他の誰かの依頼を持ってこさせた事なんて、今まで一度たりともない。

だが、そんな冒険者組合を仲介させて依頼を出せるような奴が、今はドゥーヒガンズに訪れており、そして滞在している。

「依頼人は、エウラリア様だ」

その言葉に、俺はどうにか舌打ちしそうになるのを堪《こら》える事が出来た。以前接触した時に『聖女』が俺の存在を認識していたので次の接触を警戒していたのだが、まさかこういう形で来るとは思わなかった。

……『聖女』の予定が空いてないからとニーネの遺体を掘り起こすのを先延ばしにしていたが、呼び出されたとなると、最低限『聖女』に顔を見せておかないとまずいよな。

俺は今まで、内容次第ではあるが、金のために仕事を引き受けていた。蜂系の魔物討伐もそうだ。報酬が用意されている以上、話すら聞きに行かないのは無理がある。最近最大の頭痛の種である『聖女』との対面だなんて死ぬほど行きたくないが、行かないという選択はどうやらなさそうだ。

……先に蜂系の魔物の討伐依頼を受けられたのは、不幸中の幸いか。

手持ちの現金を頭の中で数えながら、俺はジェラドルへ問いかける。

「なら、『聖女』様が待ってる場所に俺は向かえばいいのか？　その前に冒険者組合で金を受け取りたいんだが」

「安心しろ。エウラリア様は既に冒険者組合《ギルド》でお前をお待ちになっている」

俺は僅かに目を細めて、ジェラドルを一瞥《いちべつ》した。

「……準備がいいな。話ぐらいは聞くが、でも、何故《なぜ》俺に依頼を？　冒険者組合の『冒険者』じゃ駄目なのか？　『聖騎士』だって『聖女』は連れてきてるんだろ？」

「そういうのは、エウラリア様本人に直接聞いてくれ」

それじゃあな、と言って、ジェラドルがこの場を離れていく。俺たちの飯が終わるまでの間に、なんとかエウラリアにニーネの死体を診てもらえないか、話をしようとしているのだろう。

嘆息しながら前を向くと、既に運ばれてきた羊肉を、ミルとエレーナが口一杯に頬張っている。天使は無言で咀嚼《そしゃく》と嚥下《えんげ》を繰り返し、エレーナはというと、羊が刺さっていた、その羊は先程『修道女』の口の中に入っていった、串を、俺に向かって細剣《レイピア》のように何度も振り下ろしている。食い終わってから喋《しゃべ》れという俺の注意を守っているからか、エレーナは必死に顎を動かして口の中のものを飲み込もうとしているが、その動作だけでは、彼女が何を言いたいのか理解できない。

……大方、『聖女』からの依頼を聞きに行くのが気に入らないんだろうな。

「どのみち冒険者組合には寄る必要があるんだ。『聖女』には会わざるを得ないだろう？」

口を動かしながら、エレーナは手にした串で宙にばつ印を刻む。

「金が貰《もら》えなきゃ、生活は成り立たないんだ。それとも、お前がここの支払いを済ませてくれるのか？」

　同じように、エレーナはばつ印を刻む。

「だったら、止めるなよ。それに向こうも、お前に来て欲しいって言ってるわけじゃないんだ。俺とミルだけで会いに行くから、お前は寝床にしている廃墟《はいきょ》の教会で休んでろよ」

　同じように、エレーナはばつ印を刻む。

「……まさかお前、ついてくる気か？」

　エレーナは串を使って、宙に丸を作った。そしてようやく口の中のものを飲み込み、身を乗り出して口を開いた。

「何を言っているんですか、チサトさん！　天使なミルちゃんを、あの汚物の如《ごと》き異臭を発する女の前に連れていくだなんて、何考えてるんですか！　ミルちゃんを守るために、私も行きますよ！」

「エレーナ、こなくていい」

「な、何でですか！　私、役に立てますよ！　ミルちゃんを守ってみせますよ、私っ！」

　力一杯そう言うエレーナを一瞥し、手にした骨付き肉を齧《かじ》りながら、ミルが俺の方へ視線を向けてくる。ここまで言うのであれば、エレーナもそこそこ戦える方だということだろう。

　……こいつの力を確かめるためにも、連れて行ってもいいかもしれないな。

　ミルに頷《うなず》くと、エレーナへ向けて俺は話し始めた。

「ついてくるのは構わないが、最悪ミルの身代わりとして肉盾になってもらうからな」

「大丈夫です！　ミルちゃんはそんな事しませんからっ！」

　断言するエレーナの方を見ようともせず、ミルは最後の肉片を胃の中に収めた。それを横目に、俺は小さくつぶやく。

「……まぁ、ミルはしないだろうな。ミルは」

「ですよね！　チサトさんっ！」

　言葉の裏を読まないのか読もうとしないのか、有事の際身代わりにさせる相手に笑いかけるエレーナを横目に、俺は手に付いた沙司《ソース》を舐《な》め取る天使へ手巾《ハンカチ》を手渡して、店員を呼んで会計を済ませる。手持ちの金でどうにか支払えたが、今回俺は肉にありつけなかった。苦笑いして机に置かれた盃《グラス》の水を飲んで、俺たちは席を立つ。手をつなぐ俺とミルの隣に、エレーナは平然とした表情で付いてきた。

　俺は以前『聖女』と接触した時の事を思い出しながら、エレーナに問いかける。

「前みたいに、『聖女』を挑発するなよ？」

「あれは挑発じゃなくて、事実ですよ！」

「事実なら何でも口にしていいって事にはならんだろ」

「どうしてですか？　思っている事、考えている事、して欲しい事、自分の偽わらざる本心を語らなければ、その言葉は天使様には届かないじゃないですか」

「お前が普段話してるのは天使じゃなくて、人だよ」

「普段から言葉遣いには気をつけていないと、いざ天使様に出会った時に失礼があってはいけませんから。こういうのは、日頃の習慣が大事なんですよ？　チサトさん」

「なにいっても、むだ」

ミルに諭され、俺は苦笑いを浮かべるしかない。

冒険者組合まで歩く間、『聖女』が何故俺に依頼をしようとしているのかについて思考を巡らせる。だがすぐに、俺はこの問について答えを探るのを早々に諦めた。

……『聖女』と以前接触した時、エウラリアは俺のことを認識していた。俺へ興味を持ったのはその時だろうが、正直、何で『聖女』が俺のことを知っていたのか、心当たりがなさすぎる。

『復讐屋《ふくしゅうや》』という職業《ジョブ》が気になったのかもしれないし、単に冒険者組合から仕事を斡旋《あっせん》してもらっている下請けの存在として、危険な依頼を押し付けても簡単に見捨てられると考えたのかもしれない。だが今の時点では可能性が多すぎて、どれか一つに絞り込むのは不可能だ。

だから俺は別の問を考えるために、思考を切り替える。つまり『聖女』は、冒険者組合でどんな依頼を俺にしようとしているのか？　ということだ。

……まず、司法解剖の依頼ではないな。

エウラリアは、死者の魂と会話することが出来る。わざわざ俺が遺体を捌かなくても、遺体本人と会話をして今際《いまわ》の際《きわ》の状況を確認すればいいからだ。

……だとすると、可能性としては一つぐらいしか残っていないな。

冒険者組合の門を開き、中に入る。相変わらず騒がしく、人種も装備も様々で、思い思いの格好をした『冒険者』たちで賑《にぎ》わっていた。

「チサト、こっちだ」

ジェラドルが受付から、俺たちを呼ぶ。ジェラドルに近づきながら、俺は皮肉げに笑った。

「先に、俺が終わらせた報酬を受け取りたい。まさか『聖女』様の依頼で有耶無耶《うやむや》にしないだろうな？」

「わかってるよ。だからここで待ってたんだろうが」

舌打ちしたジェラドルが椅子に座り、万年筆と紙を取り出す。

「で、今回の討伐の状況は？」

「……それ、毎回言わないといけないのか？　俺の仕事っぷりを知ってるから、こっちに魔物討伐の仕事を流してきたんだろ？」

「知ってるから、調書を出すだけに簡略化してやってんだよ！　他の『冒険者』なら討伐した魔物の一部も提出させている。それにこうやって調書も俺が代わりに書いてやってんだから、とっとと喋れ！」

俺は肩をすくめて、蜂系の魔物をどの様に討伐したのか話をする。既にエレーナに話した内容だが、今回の討伐で重要なのは巣の駆除なので、そこが肝だということを中心に伝えておいた。

　調書を書き終えたジェラドルは、それを女性の係に渡す。その女性は奥の席に控えている上役と思われる男性にそれを見せると、その彼はジェラドルに向かって大きく頷いた。それを確認し、ジェラドルは俺に向かって麻袋を投げてくる。それを片手で受け取ると、硬貨と紙幣による金の重みを感じた。袋を開けて契約通りの金額が入っているのを確認している俺の視界の端で、先程の調書を持った女性が奥の通路へ消えていくのが見える。

「どうだ？　きっちり支払っただろ？」

「……そうだな。契約通りだ」

　鼻で笑うジェラドルが、顎を動かしてこちらに来いと指示を出す。気が乗らないが、どうやらこれから『聖女』様とご対面という事らしい。盗賊顔が先導し、奥の通路を歩いて行く。途中、冒険者組合の係の女性とすれ違った。調書を手にしていた女性だが、すれ違った時には手ぶらのようだった。

「ここだ」

　先行していたジェラドルが、つぶやくのと同時に足を止める。盗賊顔と同じく、俺たちも足を止めた。そこは、冒険者組合の一室、ドゥーヒガンズの組合が用意している部屋の中でも、かなり上等な部屋だった。

　入口の扉は重厚な漆塗りの設《しつら》えで、その向こう側、つまり部屋の中で使われている調度品は、絨毯《じゆうたん》も机《テーブル》も長椅子も、どこかの王族が使っていてもおかしくない一品だ。つまり、そういう格の人を冒険者組合に招いた時に使う部屋がこことという訳だ。

「この中で、エウラリア様がお待ちになっている」

そう言ってジェラドルは、扉を二回叩《たた》いた。中から入出を許可する男性の声が聞こえてきて、失礼します、とジェラドルが扉を開く。奴《やつ》の後に、俺たちも続き、部屋の中へと吸い込まれていく。中で待ち受けている事を考えると、漆塗りのその入口を潜《くぐ》る際、獣の口に頭を入れる様な不快感を、俺はどうしても感じてしまう。

……『聖女』だけでも荷が重そうなのに、その護衛の『聖騎士』たちと、最悪この冒険者組合の『冒険者』全てが、敵に回る可能性があるわけか。

思わず笑ってしまいそうな程、絶対的に絶望的で壮絶な戦力差だが、ミルのためにも、俺はどうにかここを切り抜けなくてはならない。

改めて天使に捧《ささ》げる決意を胸に、俺は顔を上げ、入室者たちを微笑《ほほえ》みながら迎え入れるエウラリアと対面する。

『聖女』は、長椅子に悠然と腰掛けていた。その後ろには一様に、金や銀の装飾品に彩られた絢爛豪華《けんらんごうか》な武具を身に着けた護衛の『聖騎士』たちの姿がある。エウラリアは朗らかに笑うと、手を上げて彼女の前に用意されている長椅子を示した。

「皆様、ようこそいらっしゃいました。どうぞおかけに――」

「……うげぇ、鼻がもげそう」

「……おかけに、なってください」

笑顔を引き攣《つ》ったものに変えながら、なんとかエウラリアは俺たちを長椅子へと促した。

『聖女』はどうにか自制心を発動させたようだが、鼻をつまんでしゃがみそうになっているエレーナに、額に青筋を立てた『聖騎士』たちが得物を手にする。

「貴様はあの時の！」

「やはりあの場で叩き斬っていれば良かったか！」

「これ以上エウラリア様に狼藉《ろうぜき》を働く前に、消し去ってくれる！」

「よさないか！　お前たちっ！」

だが、いきり立つ男たちを、同じく『聖騎士』の一人が窘《たしな》めた。

「こちらは、彼らに依頼をする側。最低限の礼儀は小職たちにも必要というもの。エウラリア様も、それをお望みのはずだ」

「その通りです、ガイウス。ディオクレス、アヌリヌス、フラウィウス。分をわきまえなさい」

エウラリアのその言葉にガイウスと呼ばれた男は一礼し、他の三名は直立不動の姿勢を取る。だが、エレーナに向ける視線の鋭さは、一向に柔らかくなる気配はない。彼らはまだ得物に、ディオクレスが斧《おの》、アヌリヌスが鞭《むち》で、フラウィウスが大剣に、指をかけている。そして、そんな彼らを窘めたガイウスの顔に、俺は見覚えがあった。

確か、最初にドゥーヒガンズの街中で『聖女』にあった際、エウラリアへ耳打ちをしていた男だ。ひとまずこの場で争わなくなったのは、こちらとしても歓迎すべきことだ。しかし、彼が俺たちを見る目は氷点下を思わせる様なものだった。

……最低限の礼儀、ね。

そう言ったガイウス本人の手も、彼の得物であろう槍《スピア》から離れていない。それが、彼の最低限の礼儀、というやつなのだろう。

……まぁ、礼節を持って会話をしようとしてくれているだけでも、随分とマシだと考えるべきなんだろうな。

それすらなく相対されることが多い俺としては、この姿勢を是非ともジェラドルにも見習ってもらいたいと思った。

改めて『聖女』に席を促され、俺は机を挟んでエウラリアと向き合うように座る。その右側にはミルが、左側には吐きそうな表情を浮かべているエレーナが座った。そして最初に入室したジェラドルはというと、扉を閉めた後、俺たちが座っている長椅子の後ろに立つ。どこか、予《あらかじ》め段取りが組まれていた様なその配置を内心訝《いぶか》しがっていると、俺の内心を読んだかのように、エウラリアが口を開いた。

「改めまして自己紹介を。私《わたくし》の名前は、エウラリア・バルメリダと申します。ウフェデオン大陸の『宝貝神殿《カラコル》』から派遣されてやってまいりました」

『聖女』としての微笑みを絶やさないエウラリアへ向かい、エレーナは唾を吐き捨てる様に口を開く。

「悪臭を振りまきに、ですか？　随分と『聖女』様はお暇なんですねぇ」

その言葉にエウラリアは表情を硬くして、俺の方へ視線を向けてきた。

「……チサト様は、普段はそちらのミル様とお二人で行動されていると伺っていたのですが」

「おや？　チサトさんたちの事は事前に調べてたんですね。だったら自己紹介なんて抜きにして、とっとと本題に入った方が良かったんじゃないですか？」

「……僭越《せんえつ》ながら、チサト様。お付き合いされる方は、お選びになった方がよろしいかと。貴方様《あなたさま》の評判にも関わります」

「はんっ！　私とチサトさんたちは、そんな簡単に切れるような関係じゃないんですよ！　わかったらその口を閉じてその臭い息を――」

「もう黙れ、エレーナ。本当に本題に入るのが遅れる」

猫を被《かぶ》っていては一向に話が進まないと思い、俺はエレーナの言葉を遮る。『修道女』がこの場を引っ掻《か》き回した後、会話の主導権を握れないかと思いながら話を聞いていたのだが、そろそろ『聖女』の後ろに立つ『聖騎士』たちの忍耐が限界を迎えつつある。最悪の事態を想定してはいるが、その事態に備えて、せめて俺がどんな依頼をされるのかは、把握しておきたい。

一方、俺から邪険に扱われたエレーナは涙をその瞳に浮かべながら、こちらに向かって抗議の声を上げてくる。

「ひ、酷《ひど》いですチサトさん！　チサトさんは、一体誰の味方なんですか？」

誰のと言われれば、ミルだと答える以外にない。そこの軸は決してぶらさないし、揺らす気もない。この天使のためなら、俺は悪魔とでも魔王とでも手を結ぶし、その後鼻歌交じりに裏切り、惨殺だってしてして見せよう。

だから今俺の関心は、エウラリアからの依頼内容以外にない。こいつの依頼がミルの正体を露見する事に繋《つな》がるのであれば、その対応を考えなければならないからだ。

俺はエレーナには何も告げず、紅葉色のエウラリアの瞳を真《ま》っ直《す》ぐ見て、問いかける。

「早速ですが、本題を伺っても？」

「……そうですね。では、単刀直入に」

一度咳払《せきばら》いをしてから、エウラリアは口を開く。

「チサト様には、魔物《モンスター》の討伐依頼をお願いしたいと思っております」

その言葉に、俺は小さく頷《うなず》いた。

……ここまでは、予定通りだな。

俺の仕事は、復讐だ。

届けられた遺体を捌《さば》き、漁《あさ》り、何故《なぜ》死んだのか、どう死んだのか、誰に殺されたのかを暴き立て、曝《さら》け出す。検視で事件性を確認し、検死で具体的な死因や死亡状況を判断し、解剖して更に詳細な死因、死体の損傷を見つけ出す。生を死に転換し、生を謳歌《おうか》している者の命を奪い、死という終焉《しゅうえん》へ誘った相手を特定する。

そして依頼人が望めば、そうした相手もそうしてやる。そうする手伝いもしてやる。

それが誰かの助けになりたいと、嘉与《かよ》を救いたいと医者になった俺がしている仕事だ。死体漁りと揶揄《やゆ》される仕事だ。

だがしかし、死者と直接会話出来るという目の前のエウラリアは、その『復讐屋《ふくしゅう》』としての俺の能力、遺体の司法解剖を求めていない。だとすれば『聖女』が俺を当てにするなんて、戦力以外であり得ないと考えていたのだ。

そうなれば必然的に、エウラリアからの依頼内容は魔物の討伐という結論に至るだろう。

……問題は、その内容だな。

そう思っている俺の前で、エウラリアがさらに言葉を紡いでいく。

「先日三宝《ラトナトラヤ》神殿に伺った際、多種の魔物の活動が活性化しており、神殿の活動に影響が出ているとお話を伺いました。そこで今回、チサト様にはその内の一種類について、当面神殿の活動に支障が出ないように数を減らして頂きたいのです」

その言葉に、俺は内心頷いた。ファルフィルの情報で、エウラリアが赴いた三宝神殿で、魔物の活性化についての課題感が議論されていると、既に俺は把握していた。グアドリネス大陸の中でも有数の色町でもあるドゥーヒガンズには、老若男女、貧富、種族、そして性癖の差を問わず、様々な人と情報が集まってくる。それこそ、『生霊《レイス》』となった楽器職人や、借金のカタとして娼館《しょうかん》に売られたニラ・ファシリーの様な少女と、千差万別。そこで金貸しをしているファルフィルの情報網にかかれば、『聖女』有する神殿の情報も、ある程度筒抜けだというわけだ。

……だが、活性化した魔物の討伐は、エウラリアたちが任されると踏んでいたんだがな。戦力を考えれば、ガイウスらだけで十分に対応できるはずだからだ。わざわざ素性の判《わか》らない『復讐屋』だなんて怪しい人間に依頼する必要性を感じられない。

そう思っている俺の隣で、エレーナが身を乗り出した。

「なんでチサトさんがそんな事――」

「用件はわかった。だが、疑問がある」

エレーナの言葉を遮り、俺は僅かに目を細めた。そして先程考えていた疑問を、そのままぶつける事にする。

「何故、俺にわざわざ討伐依頼を？」

俺の明け透けな物言いに、また『聖騎士』たちが僅かに身を乗り出す。それを、エウラリアが視線で制した。『聖女』の方も、会話を進める事を優先してくれたのだろう。構わず俺は、口を開く。

「魔物の討伐であれば、後ろに控えている『聖騎士』たちでも十分だし、それこそ冒険者組合《ギルド》に依頼すればいいのでは？　部外者《アウトロー》の俺に依頼する理由はないと思うんだが」

「エウラリア様からの依頼は、不服か？　それともまだ提示すらしていない依頼料の上乗せが目的か？」

そう言ってこちらを睨《にら》むガイウスに、俺は肩をすくめてみせる。

「外様《とざま》を使うということは、それなりの理由があるはずだ。危険と金額が釣り合っていないのであれば、こちらも命を懸けようとは思えない。俺は、まだ死ぬわけにはいかないんだ」

ミルの手が、俺の袖を掴《つか》む。それを見ていたエウラリアが、僅かに目を見開いた。その反応に、俺は僅かに首を傾《かし》げる。何故『聖女』が、ミルを気にするんだ？

「何をそんなに驚いている？　俺とミルが二人で行動していたのは、知っていたんじゃないのか？　行動を共にしていれば、服を摘《つ》まんだり手を握ったりするだろう？」

「え、ええ、そうですが、その、想像していたよりも、ずっと懐かれておられるみたいなので」

その返答に内心更に俺が首を捻《ひね》っていると、隣のエレーナが身を乗り出してきた。

「なんですか？　天使なミルちゃんのやることに文句があるっていうんなら、私が相手に──」

「エレーナ、うるさい」

ミルの言葉に傷ついているエレーナを一瞥《いちべつ》した後、エウラリアは咳払いをする。

「失礼しました。では、先程のご質問にお答えしましょう。まず、チサト様のおっしゃる通り『聖騎士』たちにも魔物を討伐する力は十分にあります。ですが──」

「小職たちの任務は、あくまでエウラリア様の護衛だ。その任が解かれない限り、小職たちの最優先事項はエウラリア様の身の安全。故に、エウラリア様の傍《そば》を離れるわけにはいかない」

「つまり、『聖騎士』は魔物の討伐には動かせない、と」

「その通りです」

俺の言葉に頷いた後、エウラリアは口を開く。

「続いて冒険者組合への依頼ですが、こちらは当然、ご協力をお願いしております。ですがそれでも、人手が足りないのです」

その言葉に、俺は今度こそ疑問を口にする。

「人手が足りない？　そんな馬鹿な。そこまで『冒険者』が足りなくなることなんて、普通あり得な――」

「聖水《ホーリーウオーター》が効かない吸血鬼《ヴァンパイア》に、『幸運のお守り』」

エウラリアの言葉に俺は弾《はじ》かれたように顔を上げ、そして内心で舌打ちをした。

「私どもとしましては、聖水が効かない吸血鬼という存在には否定的です。ですがドゥーヒガンズで暮らす方々が不安を残している以上、町の守りに『冒険者』を割かなくてはならない状況というわけです。そして――」

「『幸運のお守り』の方は、今更お前に説明する必要はないよな？　チサト。俺が追っている、そしてニーネが関係している事件だ。当然、そっちの調査にも人を割く必要がある」

いけしゃあしゃあと、後ろに立つジェラドルがそう言ってくる。そういえば同じ疑問をこいつにぶつけた時、確かジェラドルは『そういうのは、エウラリア様本人に直接聞いてくれ』と言っていた。逆に言えば、知らないとは言っていない。

……こいつ、全部知ってて俺に黙ってたな？

後ろへ振り返って、背後に立つ盗賊顔を睨みつけたい衝動に駆られる。だが、ジェラドルへの怒りの感情は、今は脇に置いておくしかない。なにせ、それ以上に頭を悩ませる問題が出てきたのだから。

……ミルが天使族《エンジェル》だとバレないように、吸血鬼事件も『幸運のお守り』事件も放置していたが、それがまさかこんな形になって返ってくるとはな。

つまり、今冒険者組合が人手不足なのは、俺のせいだ。

俺たちへ疑念を向けられないようニーネの死の真相を伏せ、死したイマジニットに全ての罪を被せる決断をしたが、それが冒険者組合の人手不足を招き、結果エウラリアが俺と接近する状況を作り上げてしまった。


『自業自得、だね』

この場にいるはずのない新米『冒険者』の幻聴に、俺は心の底から同意する事しかできなかった。しかし、あの時点で、こんな未来に繋がるだなんて想像できるわけがない。出来るのなら神様、神族《ディエティ》ぐらいだろうが、そんな存在がアブベラントに現存しているのであれば、俺の全身全霊、そして暗殺者《アサシン》としての全ての才能に懸けて、半殺しに拷問など如何《いか》なる方法を使ってでも、俺はそいつらにこの異世界をもっと優しい世界に作り替えさせるだろう。

しかし残念ながらアブベラントでは神族の存在すら朧気《おぼろげ》で、天使族が絶滅していると言われている時点で、それはもはや御伽噺《おとぎばなし》以下の絵空事。ただの精神異常者の妄想にすら劣る現実逃避でしかない。

人知れず歯噛《はが》みする俺の前で、エウラリアは『聖女』と呼ばれるに相応《ふさわ》しい笑みを浮かべている。

「最後に、チサト様に依頼させて頂く理由ですが、こちらは偏《ひとえ》に依頼をお任せするに値する能力をお持ちだということです」

そう言ってエウラリアは、懐から一枚の紙を取り出した。それは先程、俺の発言を元にジェラドルが書き起こした、魔物討伐の調書だった。そこで俺は、既に自分が逃げられる様な状態ではないと悟る。

……つまり、俺が先に受けた蜂系の魔物討伐の依頼すらも、エウラリアが手を回したものだった、ということか。

「巣を駆除することで、魔物が増える根本を断つ。実に効果的で、そして効率的な仕事ぶりだと思います。お願いします、チサト様。是非私《わたくし》たちにお力をおかしください。今は神殿の活動に支障が出ているだけですが、このまま魔物の数が増えるのを放置していては、いずれこのグアドリネス大陸に住む人々が脅威に晒《さら》されてしまいます！　ドゥーヒガンズの人々を守るために『冒険者』の皆様のお力をこれ以上お借りできない今、チサト様にお願いするしかないのです！」

そう訴えるエウラリアは、本気でグアドリネス大陸に住む人々を、そしてドゥーヒガンズで暮らす人々の生活を案じるものだった。アブベラントの秩序を守らんとする神殿に属する彼女の言い分は、誰がどう聞いても高潔で、整然としたものだろう。

俺自身、エウラリアの考え、その思想は正しいと思う。救いが必要な人々へ、手を差し伸べる。実に美しく、僅かばかりの曇りもない正義と言ってもいいだろう。そしてエウラリアの様な人たちは、この純粋で尊い想《おも》いで、これから先もより多くの人々を救い、導いていくのだろう。

だが――

……そういう人々の中に、俺もミルも、どうしたって含まれないんだよ。

かつて滅んだとされる天使族の少女、ミルの隣にいる。そう決めた時から、俺はそうした美しいものと決別するしかなかった。彼女を守るためなら、悪という汚泥に身を沈め、この世に存在する黒よりも黒に染まってみせると、そう決意した。

その決断に、後悔はない。たった一人の天使の傍に、せめて俺ぐらいはいてやりたい。寄り添ってやりたい。そして何より、彼女の笑顔を、全身全霊をもって守りたい。

でも、俺のこうした願いは。

……エウラリアの願いと、彼女の言う、人々を守るという願いと、何が違うんだ？　誰かを守りたいというこの想いは、同じものだろう？

　俺の願いと彼女の願いが等しくて、しかしエウラリアの願いだけが正義だというのなら、俺の抱えるこの願いとは、一体――

「そんなの、おかしいですよ！」

　自らの黒く、闇夜よりもどす黒い思考に沈んでいた俺の隣で、一人の『修道女』が肩を怒らせながら、『聖騎士』たちに守られる『聖女』に向かって、その指を突き出す。

「何がチサトさんの力を借りたい、ですか！　そんなの、お前たちが勝手に魔物《モンスター》の縄張りに突っ込んでいけば、全部解決するじゃないですか！」

　エレーナの言葉を、エウラリアは真正面から受け止める。

「おっしゃっている意味が、わかりません。私自らが死地に飛び込め、と？」

「だって『聖騎士』は『聖女』を守る必要があるんですよね？　なら縄張りに入った『聖女』を襲う魔物を『聖騎士』が倒すわけですから、チサトさん一人に戦わせる必要なんてないですよ！」

　エレーナは身を乗り出して、更に自分の口から言葉を紡ぐ。

「そんなに人を守りたいなら、他人の力なんか借りずに自分で守ればいいんです！　なんでお前の想いのためにチサトさんが、ミルちゃんが危険な目にあわないといけないんですか？　そんなの間違ってますよ！」

　たった一人。

協会の中でも、たった一人だけで天使族を信奉する少女は、アブベラント最大の宗教団体に属する『聖女』に一歩も引かずに、彼女の信仰心を問いただす。

「自分の想いぐらい、信仰ぐらい、自分一人で貫き通してみたらどうなんですか？　出来ないからそうやって人に指図してるんでしょうが！　この売女《ばいた》がっ！」

その言葉を聞いて。

俺はこの場を制する様に、手を挙げる。その俺の指先には、既に解剖刀《メス》が存在していた。

「確か俺の記憶では、必要最低限の礼儀で接してくれるはずだったのでは？」

「……エウラリア様の信仰を否定するということは、『聖女』の否定。ひいては神殿自体の否定に他ならない。『聖女』、そして神殿の危機に対し、小職ら『聖騎士』がどの様に振る舞うのかは、既に説明したはずだが？」

各々が既に得物を構え、抜き放ち、部屋中に殺気が満ち溢《あふ》れる。その密度が上がりすぎて、殺気が肌に纏《まと》わり付いてくる錯覚を覚えた所で、エウラリアが微笑《ほほえ》みながら手を叩《たた》いた。

「落ち着きなさい。自らの行動について是非を問われたぐらいでは、私は揺るぎません」

「ですがっ！」

「もう一度言いましょう。私は、揺るぎません。それに、あちらの言い分ももっともです」

そう言ってエウラリアはこちらに向かい、軽く頭を下げた。

「こちらは後出しになってしまい大変恐縮ですが、今回の討伐、チサト様だけにお願いするわけではございません。私も現地の状況を視察する予定ですので、ミル様の安全は私どもにお任せいただければ、と」

「ちょっと！　そういう事は先に――」

「そして、こちらが依頼料になります」

エレーナの言葉を遮り、机《テーブル》の上にエウラリアが革袋を置いた。その口から、大量の金塊が覗《のぞ》く。それを見て、『修道女』が目を見開いた。

「こ、こんな、こんなお金で人を動かそうだなんて――」

「チサト様が、ファルフィル様にお借りしている分を、十分にお支払い出来る額かと存じます。依頼をお引き受けいただけるのであれば、前金としてお支払いいたしますよ」

……なるほど。そちらも既に、俺の情報は収集済みってわけか。

冒険者組合《ギルド》がエウラリアに付いているという事は、ジェラドルからファルフィルという金貸しの情報も渡っている。そう考えると、既にエウラリアたちがファルフィルに接触。俺が『聖女』をファルフィル経由で調べていた事も、ファルフィル本人が金で情報を売って、エウラリアには伝わっている可能性すらあった。

……本当に、こいつは、やりにくい相手だ。

『聖騎士』たちが得物から手を離したのを確認し、解剖刀をしまいつつ、俺はエウラリアに問いかける。

「……ただの魔物の討伐にしては、貰《もら》い過ぎな気がするが？」

「同行するといっても、私どもは視察が中心。全てチサト様に対応をお願いするというわけではありませんが、それでも大半の魔物の相手はチサト様にお願いすることになるでしょう。その分の上乗せに、先程のような件のご迷惑料も含めて」

そう言われて、俺は腕を組む。

……借金を返済できる目処《めど》が立ったのはいいが、果たしてこいつらにミルを預けてもいいものか？

『聖騎士』であれば、ミルの護衛としての力は申し分ない。問題は、不注意でミルの正体が露見することだ。奴《やつ》らはきっと『聖女』が危機に陥れば、確実にそちらを守る方を優先する。そして天使が窮地に陥れば、ミルはきっとあの翼を出すだろう。

思考に沈む俺に向かい、エウラリアはさらにこう言い放った。

「また、今回の依頼が完遂した場合、後ろのジェラドル様のご要望、死者との会話についてもお受けいたしましょう」

……は？

その言葉に、ジェラドルが喜びの声を上げる。背後のその声を無視して、俺は冷淡にこう言った。

「何故《なぜ》、俺が依頼をこなすとジェラドルの願いを叶《かな》えるって話になるんだ？」

「あら？　だってチサト様とジェラドル様は、お友達なのでしょう？　お友達とは、助け合うものだと思うのですが。だから『幸運のお守り』事件の解決、ひいては冒険者組合が抱える問題の解決、つまりお友達のジェラドル様の益になる事は、チサト様にとっても都合が良いかと。それに私としましても、『幸運のお守り』と呼ばれているものがどういったものなのか気になりますし。ジェラドル様のご要望を叶えた後、実物をお見せ頂けませんでしょうか？」

「も、もちろんですよ！　そ、それに、そう、そうそうそう！　そうですよ、『聖女』様！　俺とチサトは友達です！　な、チサトっ！」

　調子のいい奴め、と毒づきながら、後ろから肩を組んでくるジェラドルを押しのけ、俺は自分の思考に沈んでいく。

「……心にもない事を」

　……まず、ニーネの死体とエウラリアを対面させる事は許容できない。

　そんな事をしたら、ミルが天使族だということがバレてしまう。それだけは、どうしても避けたい。

　また、俺に興味を持たれないようにするという目標だったが、それも対策を立てる前に不意打ちに近い形でこの場に呼び出されている。別の仕込みはしてあるが――

……もういっそ、ここで全員、殺《や》るか？

ジェラドルが死に、エレーナが死に、エウラリアを殺し、ガイウスたちを殺し尽くす。

それでも冒険者組合の連中に異変を察知されるかもしれないので、また殺す。当然通りを見ている人たちも異変に気づいて出てくる。それが連鎖的に繋《つな》がっていき、少なくともドゥーヒガンズに存在する全ての生命を、俺は鏖殺《おうさつ》し切るだろう。もちろん『聖女』を手に掛けたのだから、神殿とは全面戦争になるはずだ。

……だが、誰が『聖女』を殺したのかすらわからない様な、それこそドゥーヒガンズをこの世から消し去る殺し方をすれば、俺が犯人だとバレる事はないのでは？

遺体が残らなければ、エウラリアの様な存在であっても神殿は調査することが難しいはず。『聖女』殺しは、迷宮入りだ。

そう自分の脳が算段を整えていくよりも早く、俺の指は動き始めていた。懐にある解剖刀を、指がなぞる。

だがそこで、ミルが俺の手を握った。

袖から俺の指を握る天使の方へ視線を向けると、彼女が俺の方を無表情で見つめている。

その碧色《へきしょく》の瞳と目が合い、解剖刀へ伸ばしていた手の動きが、止まった。

「では、ご依頼したい内容について、もう少し詳細をお話しさせて頂きますね」

俺の沈黙を肯定と受け取ったのか、エウラリアが言葉を紡ぎ始めた。

「討伐対象の生息地域は、グアドリネスの北西の端、砂漠地帯です。今回討伐を考えているのは、巨牡牛修羅《アリシュタースラ》となります」

その言葉に、俺の手は解剖刀から完全に離れる。神殿で課題として挙げられていた魔物の種類。これは、ファルフィルから得た情報通りだった。

……だとすると、ファルフィルはまだ完全にエウラリア側ではない。なら、ここで無理にエウラリアへ手をだす必要はないな。

そうだ。既に仕込みは完了している。最悪を想定した手は、用意できているのだ。何も殺し急がず、いたずらに命を屠《ほふ》る必要もない。

俺は思考を切り替えて、エウラリアに疑問を口にした。

「牛系の魔物だが、対象は巨牡牛修羅だけでいいのか？」

牛系の他の魔物だと、あの辺りには森の中だけでも『豊かなる角なし牛《アウズンブラ》』や半牛半蛇《オフィオタウラス》も生息している。巨牡牛修羅だけでいい理由が知りたかったのだ。

俺の問に、エウラリアが答えてくれる。

「はい、対象は巨牡牛修羅だけで問題ありません。というのも、あの辺りで特に活性化、しかもそれが継続しているのが、巨牡牛修羅なのです。私《わたくし》が現地で視察を行う理由も、その理由を探るためです」

「なるほど」

頷《うなず》きながら、確かにそれはおかしい、と俺は唸《うな》った。

エウラリアは、多種の魔物が活動を活性化させている、と言っていた。そうなれば魔物同士の争いも起こり、食物連鎖的な観点で言えば、いずれはそれらの個体数も一定数に落ち着き、そしてその活動は収束していく。だが、継続して活性化している状態が続いているということは、巨牡牛修羅たちが長い間争いを生き残り続けてきたという事が考えられる。

……突然変異的に、他の魔物を寄せ付けない程の個体が誕生したか、あるいは出産が急激に増加したのか、何かしら巨牡牛修羅たちが数を減らさない要因を見つけるべきだな。放置していれば、いずれ巨牡牛修羅がドゥーヒガンズを襲う可能性もある。そうなれば、ミルの安全も脅かされる可能性があった。巨牡牛修羅を討伐するのに、俺の中で異論はなくなっていく。


「わかった。その依頼、引き受けよう」

「ありがとうございます、チサト様」

出発の日時を定めて、この場は一度解散という事になった。

冒険者組合を出た後、俺はエレーナの方を振り向く。『修道女』の顔は、俺に対して全力で抗議する表情となっていた。

「お前、そんなに俺がエウラリアの依頼を受けるのが嫌なのか？」

「当たり前じゃないですか！　現地に行くって言っても、結局はチサトさん任せじゃないですか！　あの様子じゃ、天使なミルちゃんだってちゃんと守ってくれるかどうか、わかりませんよっ！」

　確かに討伐中、ミルをエウラリアたちに任せるというのは、不安しかない。『聖騎士』たちの能力を疑っているという意味合いではなく、彼らがミルにとって害だと認識される可能性があるからだ。例えば、回避のために抱きかかえられる動作を、攻撃だと判定される可能性もある。

　……マリーの件で、ミルは俺の精神状態を鑑みて、光の翼を発動させた。だとすると、他者からの敵意や害になりそうな感情面も、あの翼の発動する判定要素になる可能性がある。

　事実、ファルフィルがミルを抱きしめても、翼が発動されることはない。だが俺たちに、主にエレーナに対してだが、『聖騎士』たちは敵意を明確に持っている。そこは用心する必要があった。

　だが――

「お前が付いてきてミルの身代わりとして肉盾になってくれるんじゃないのか？」

　そう言うと、エレーナは笑ってこちらに親指を突き出してきた。

「はい、お任せください！　天使なミルちゃんには、他の人の指一本近づけさせませんからっ！」

　そう言って朗らかに笑う『修道女』の顔が、俺を仲間として受け入れてくれたサフィと重なる。重なった笑顔は、甘ちゃんだと思っていたサフィが、しかし、ついに俺とブライたちには思いつかない方法で解を見つけ出した時の、あの眩《まばゆ》い光を放つ表情そのものだった。

巨牡牛修羅の討伐へ向かう馬車の中で、無言で天使が解剖刀《メス》を磨いている。その隣でエレーナはずっとミルに話しかけているが、彼女の視線が『修道女』へ向かうことはなかった。

そうした馬車の同乗者を横目に、俺は馬車を動かしながら、俺たちの馬車よりも先を走る、もう一台の馬車へと視線を送る。その中にはエウラリアに、ガイウスら『聖騎士』たちが乗っていた。彼らは地図を広げて、議論しながらそこに何かを書き足していく。巨牡牛修羅が活性化している予想地域、そしてそうなっている仮説でも洗い出しているのだろう。これから自分たちが死の危険に見舞われるなど、考えもしていないというような振る舞いだ。

……実際、考えていないんだろうな。

この依頼でファルフィルへの借金が完全に返済出来た事については、エウラリアに感謝をしてやってもいいと思っている。有事の際、ドゥーヒガンズを離れる必要が出てきた場合、身軽に移動する事が出来るからだ。

だが一方で、この依頼を完遂してしまえば、ジェラドルの望みが叶ってしまう。それはつまり、ニーネの死体と『聖女』を引き合わせなくてはならなくなる。という事だ。何かの偶然が重なり、巨牡牛修羅の群れをあいつらにぶつけられるといいんだが。

……まぁこの場所では、そんなに上手《うま》く事は運ばないだろうが。

そう思いながら馬車を走らせていると、やがて車輪が砂漠の砂を噛《か》むようになり、辺りには俺たちの馬車しか動くものが見えなくなる。道らしい道も見えなくなり、草木すらその姿が珍しいと思える、土塵《どじん》に粉塵《ふんじん》に煤塵《ばいじん》が漂う風景に切り替わって暫《しばら》くもせずに、ミルが突然顔を上げてつぶやいた。

「におう」

その言葉にすぐさま反応して、俺は馬車から身を乗り出し、ミルがつぶやいた方向を確認。そこに砂塵《さじん》を巻き上げる、巨大な牛たちの姿を確認した。背中の瘤《こぶ》は雲が積もった山のように大きく、それと釣り合いが取れるほど長い尾をしている。巨牡牛修羅たちは蹄《ひづめ》で砂漠の大地を地震を起こさんばかりに踏みしめながら、鋭い角を振り上げて、咆哮《ほうこう》した。

その声が届く前に、俺は解剖刀を抜刀。投げ放ち、巨牡牛修羅の群れへ向けて跳躍した。砕けた解剖刀の粒子が光に照らされ、後方へ流れていく綺羅星《きらぼし》の様にも見える。金属の欠片《かけら》たちを振り切るように宙を疾駆しながら、俺は更に四本の解剖刀を投擲《とうてき》。先頭の集団に死の刃が突き刺さり、四体の巨牡牛修羅が口から鮮血を吹き出しながら、断末魔の叫びを上げる。

絶命した四体の巨牡牛修羅へ、後ろから迫っていた巨牡牛修羅たちがさらにぶつかった。最初にぶつかった巨牡牛修羅は、その角で仲間の死体を突き刺す。死体が刺し貫かれて、刺さった時の衝撃音で、吹き出した血が波模様を描いて宙に広がった。だが、自分と同じ巨体を角で刺したためか、巨牡牛修羅たちの動きが僅かに遅れる。

その後ろを、更に後から迫っていた巨牡牛修羅がさらに貫いた。玉突き事故が発生したのだ。魔物《モンスター》たちがぶつかり合う度、打撃音に叫声、打撲音に叫喚、破裂音に絶叫、破砕音に叫泣が上がり、断裂音に軋轢音《あつれきおん》が響いて、斬断音に圧壊音を断続的に立てながら、怒声に蛮声が大地に轟《とどろ》いた。

四体の巨牡牛修羅の死体を起点に、禍々《まがまが》しい破壊の協奏曲を奏でながら、その背後の巨牡牛修羅たちの移動速度が低下。だが急に止まれず、数珠《じゆず》繋《つな》ぎになるように、巨牡牛修羅が巨牡牛修羅を串刺しにしていく。後から迫る巨牡牛修羅はそこにさらに強い衝撃を加えるので、貫かれた巨牡牛修羅の死体は裂け目から分解し、血潮を噴出させながら肉塊と臓物へと変わり果てた。さらに後ろから迫る巨牡牛修羅にぶつかり、木っ端のように四散する。一瞬にして、砂漠に血の海と肉片の島が出来上がった。

だが、それで全ての巨牡牛修羅を殺せるわけがない。最初に俺が殺した四体以外の巨牡牛修羅たちの列は、依然こちらに向かって疾走して来る。そして当然、俺はそれを許さない。既に投げ終えた俺の解剖刀は、もう別の血の海と屍《し》体《たい》の山を砂漠に作り出し、巨牡牛修羅の数を減らしていった。だがそこで、俺は首を傾《かし》げる。

……何故進むのを止《や》めようとしない？

俺が攻撃を開始した直後ならいざしらず、逃げ出そうとする巨牡牛修羅の姿が見当たらない。死地へ乗り込んでくるのであれば、ひとまずこの一団を片付けるのを優先しようと、俺はまた懐から解剖刀を引き抜いた。

そこで、背後から聞き覚えのある咆哮が聞こえてくる。巨牡牛修羅のものだ。

……近くに、まだ別の群れがいたのかっ！

見れば丁度、今攻撃をしている巨牡牛修羅の群れと、俺たちが乗ってきた馬車の延長線上に、もう一団の巨牡牛修羅が存在していた。そしてその群れは、どんどん馬車へと近づいていっている。

……巨牡牛修羅同士の縄張り争い、その丁度間に俺たちが通りかかってしまったのか。

巨牡牛修羅たちが引かなかった理由は、魔物たちの密接した縄張りが原因だったのだ。

……活性化した原因を特定するためになるべく死体の形が残るような戦法を取っていたが、仕方がない。

俺は解剖刀を投擲し、空間を抉《えぐ》り取るように切除《レセクション》を放つ。解剖刀の延長線上にいた巨牡牛修羅たちが、切除の効果で空間ごと削れ、うめき声を上げるまもなく絶滅していく。屠《と》殺《さつ》された魔物たちが、一斉に血煙を上げる。それをさらに切り裂くように、解剖刀が巨牡牛修羅たちを肉塊へと変えていった。粘度を持つ魔物の血が、砂漠の地を濡《ぬ》らし、血溜《ちだ》まりを形成していく。

最初に発見した一団をある程度殺しきった所で、俺はミルの乗る馬車へ戻るため、切除を放った。解剖刀が砕けて宙に舞っていくのを横目に、俺は自分の思考に沈んでいく。

……さて、エレーナたちはどれぐらい戦えるかな？

俺が先行して別の一団に対処していたため、エレーナやエウラリアたちは自分たちの力で巨牡牛修羅たちと戦う必要がある。つまり、奴《やつ》らの戦闘能力を把握出来る状況が生まれたのだ。

エレーナに、果たしてミルを預けるに足る力があるのだろうか？　そしてエウラリアたちを殺すには、どれぐらいの力が必要になるのだろうか？

これはそれらを確かめる、絶好の機会だ。もし仮に彼らの力が劣っており、ミルに危険が迫ったとしても、問題ない。この辺りに人影はなく、ミルが翼を広げて俺以外を絶命させたとしても、目撃者はいないだろう。『聖女』たちの死体もあの翼の前では跡形もなく消し去れるし、『聖女』たちが行方知れずになったという情報が出回る前に、俺たちはグアドリネス大陸を離れる事が出来るはずだ。時間が経《た》てば、俺たちは行方知れずの『聖女』と共に死んだ事になるだろう。その頃には、別の場所でまたミルと二人の新しい生活を続けているはずだ。

見れば、既に馬車からエウラリアが降りている。彼女が祈りを捧《ささ》げるように目を閉じると、周りに光の球体が一つ、二つと、溢《あふ》れ出していく。それらは次々にその色を変えていき、虹が発する七色分の色へと煌《きら》めきを変えていた。

そしてそれらは次の瞬間、高速で巨牡牛修羅たちに飛来。弾丸が肉を切り裂くよりもたやすく、魔物の肉を削《そ》ぎとっていく。熱で焼けたのか巨牡牛修羅たちの傷口からは黒煙が立ち上り、骨まで抉り取られた巨牡牛修羅《アリシユタースラ》はたまらず地面に膝を突き、そして後ろから迫る巨牡牛修羅の角で刺し貫かれて怨嗟《えんさ》の声を上げた。光の球体たちは縦横無尽に空を駆け巡り、魔物の足を撃ち抜き、腹を穿《うが》ち、眉間を吹き飛ばす。

それを見て、俺は思わず唸る。今のは恐らくエウラリアの信仰魔法《デイバイン・マジック》だろうが、いざ戦おうと思うと随分と厄介な相手になりそうだ。弾数制限なく自由に操れる光の球体に対し、弾数制限があり一直線に飛ぶ解剖刀では、立ち振舞を失敗するとすぐにこちらが不利な状況に追い込まれてしまうだろう。

ガイウスら『聖騎士』たちもエウラリアを守るように前に出て、炎を纏《まと》う大剣をフラウィウスが、稲妻の如《ごと》く走る鞭《むち》をアヌリヌスが、地面に突き立てると砂漠の下から巨大な岩を高速で排出する斧《おの》をディオクレスが、そして鋭利な氷柱《つらら》を射出する槍《スピア》をガイウスが操って、巨牡牛修羅を一体、また一体と地面に沈めていく。恐らく『魔道具』の類だろうが、絶大な戦闘能力だ。

……でも、何だ？　さっきから感じている、この違和感は。

そう思いながら、俺はミルたちの乗っている馬車へ視線を移す。エレーナの方はというと、ようやく馬車から降りてきた所だった。

「さぁ、しっかりミルちゃんの安全のために頑張ってくださいね！　売女《ばいた》どもっ！」

「いや、お前も戦えよ」

ミルの乗る馬車へ着いた俺は、溜息《ためいき》を吐《つ》きながらエレーナにそう言った。『修道女』が笑いながら、こちらを振り向く。

「チサトさん！　おかえりなさい！」

「それはいいが、お前は何してるんだ？」

「決まってるじゃないですか！　あの売女どもが手を抜いて、天使なミルちゃんに危害が加わらないか、見張ってるんですよ！　後、チサトさんがいなくなった後の馬車の運転ですね」

「そいつはいい心がけだが、馬車の運転は俺が代わってやるから、お前も戦ってこい」

「え、嫌ですよ！　あいつらに任せればいいじゃないですか！　もしそれでも心配なら、チサトさんがまた戦いに行けば——」

「羊肉を奢《おご》った対価を、俺はまだ受け取ってないんだが？」

冷たい口調でそう言うと、エレーナは下唇を噛みながら唸《うな》る。

「そ、それを言われると弱いですね。わかりました、わかりましたよ！　だったらちゃんと、見ていてくださいよ？　私の信仰の力をっ！」

そう言うと、エレーナは馬車から降りて、天使が設《しつら》えられた項練《ネックレス》を握りしめる。すると、彼女の体の周りが光り始めた。そしてその光は強さを増して、やがてそれは質量を持ったように、『修道女』の手の中で一つの形に収束する。

それは、一振りの剣だった。光の剣を、エレーナが握っている。その剣の刀身は、どことなく一枚の羽根の様にも見えた。

光の剣を携えたエレーナが、罵声を発しながら巨牡牛修羅たちへ向かっていく。そして振るわれた剣は容易《たやす》く魔物を斬り、断末魔の叫びすら上げさせずに屠《ほふ》っていく。一刀両断された巨牡牛修羅は、慣性に従って体の部位を撒《ま》き散らしながら進んだ後に、砂漠に突っ伏して息絶えた。こちらも信仰魔法の力なのだろうが、その威力の高さから、エレーナの天使への信仰度の大きさが窺《うかが》い知れる。

その様子を見ていた俺の隣に、いつの間にかミルが立っていた。

「にてる、かも」

「え？」

「ワタシと、ちから」

「……何？」

眉を寄せる俺に磨き終わった解剖刀を手渡した後、天使の少女は俺たちの進行方向を指さした。

「におう」

ミルの指さした方向を確認すると、そこで土煙が昇っているのを確認する。新たに、巨牡牛修羅の群れが現れたのだ。

……おかしい。いくら縄張り争いといっても、こんなに連続で重なるものなのか？　動きが活性化し過ぎている。

そう思っていると馬車の傍《そば》に、何かが転がってきた。何かと目を向けると、巨牡牛修羅の生首だと気づく。

「チサトさん！　よそ見してないで、ちゃんと見ててくださいよ！　私の天使様への信仰の強さをっ！」

「お前は前見て戦えよ！」

言い終わる前に二本の解剖刀《メス》を投擲。こちらに手を振るエレーナの背後に迫っていた巨牡牛修羅に突き刺さり、切除が発動。魔物の角が、首が、足が分解され、砂で作った山が強風で崩れ落ちるように絶命した。

……にしても、わざわざ首をこっちに投げてこなくてもいいだろうに。

そう思う俺の脇を抜けて、ミルが馬車から降りようとしている。馬をなだめて速度を落とし、馬車を止めた。そして俺は天使より先回りして、馬車を降りる。そして脇を抱えてミルを地面に下ろしてやると、彼女はエレーナが投げてきた巨牡牛修羅の生首の方へと近づいていった。

天使の傍に近づく俺の方を振り向くと、ミルの小さな唇が動く。

「くさい」

そう言われ、しゃがんで俺も改めて巨牡牛修羅の生首を観察する。そして、すぐに違和感に気がついた。

血が、流れていないのだ。

エレーナの光の剣で斬られて、炭化したためではない。元々、乾ききっているのだ。指先で触れると巨牡牛修羅の顔は血の通っていたような瑞々《みずみず》しさはなく、完全に乾燥している。
　そこで俺は、先程エウラリアの戦いの中で得た違和感の正体に気が付いた。
　血が、流れていないのだ。
　エウラリアたちの戦力分析に意識を割いていたので気づくのが遅れてしまったが、エウ
ラリアが、ガイウスらが、そしてエレーナと俺が倒した巨牡牛修羅は全て、攻撃された後
血を流さずに死んでいた。
　……つまりこの巨牡牛修羅の一団は、木乃伊《ミイラ》化して動いていたのか！
　それに気がつくのと同時に、俺はこれ程までに巨牡牛修羅たちの群れに遭遇する原因、
そして巨牡牛修羅がこれ程活性化している理由に思い至る。そして俺の予測があっていた
場合、これからここで何が起こるのか想像し、背筋に液体窒素を無理やり流し込まれた様
な悪寒に襲われた。
　弾《はじ》かれた様に顔をあげると、俺はエウラリアに向かって叫ぶ。
「エウラリア！　この場に残るのはまずい！　巨牡牛修羅の群れがどんどん集まってきて、
押しつぶされるっ！」
「それをどうにかするために、貴様を雇ったのだろうがっ！」
　木乃伊化した巨牡牛修羅をまた一体屠りながら、ガイウスが俺の方を睨《にら》みつけた。
「こんな雑魚がどれだけ出てこようがエウラリア様には小職たちが指一本触れさせせんし、

この雑魚どもが活性化している理由もまだ判明していない！　魔物《モンスター》たちがやって来るのも、いずれ落ち着く――」

「落ち着かないから移動するのを提案してるってわかんねぇのか！　それにこいつらが活性化した理由なら、もうわかったっ！」

その言葉に、槍を振るうガイウスが眉を上げる。

「何だと！　何故《なぜ》貴様にそんな事がわかる？」

「それを説明するにしても、この状況は適してないだろ！　いいから付いてこい！」

俺はミルを抱えて馬車に戻ると、手綱を振るって馬に鞭を打つ。馬の嘶《いなな》きが砂漠に響き、馬車は猛烈な勢いで動き始めた。進行方向は、木乃伊化した巨牡牛修羅たちがやって来た方向だ。

「エレーナ！　馬車に戻れっ！」

巨牡牛修羅を斬り刻んでいたエレーナに叫びつつ、俺は彼女の周りに解剖刀を放って魔物を蹴散らし、『修道女』が馬車に戻ってくる時間を稼ぐ。爆走する馬車を見たエレーナは、光の剣を消し、慌てたように走り始めた。俺の駆る馬車が、砂漠の砂を巻き上げる。それがエレーナの脇を通り過ぎる寸前、『修道女』は頭から飛び込むようにして、なんとか馬車へ飛びついた。

必死の形相で馬車へよじ登ると、エレーナは半泣きになりながら俺に抗議をする。

「な、何なんですか、チサトさん！　戦えって言ったり戻れって言ったり、勝手過ぎますよ！」

「ミルと俺だけで逃げることだって出来たんだ。拾ってやっただけ、ありがたいと思え」

後ろを振り向くと、エウラリアたちが乗る馬車もこっちに向かって進んでいた。その後ろを、ミルが三番目に気づいた巨牡牛修羅の一団が追っている。

いや、正確にはあの群れの狙いは、木乃伊化した巨牡牛修羅だ。

きっとこれから、あの場所で乱戦が起こるだろう。そして、俺がある程度殺し、残り僅かとなった巨牡牛修羅の一団もそこに加わるはずだ。でも、それだけでは終わらない。

……この辺りにいる、全ての巨牡牛修羅たちが集まってくる可能性がある。


地面が砂漠から徐々に緑に変わり、木々だけでなく沿岸部すら見える程走った所で、俺はようやく馬車を止める。やがてエウラリアたちの馬車も追いついてきた。そしてその中から、すぐにガイウスが飛び降りてくる。

「貴様！　こんな僻地《へきち》まで逃げるなど、何を考えてるんだ！」

「安心して話せる場所まで移動しただけだ。お前らだって、魔物に囲まれた状況でお茶会なんて開けないだろ？」

「だがな！」

「止《や》めなさい、ガイウス。ひとまずこの場所は、魔物の襲撃に備える必要がない所であることは確かです」

遅れてやって来たエウラリアが、『聖騎士』を制止する。馬車から全員降り、集まった所で、『聖女』が俺の方を見つめた。

「それでは、チサト様。ここまで移動してする必要があった話を、巨牡牛修羅が活性化していた理由を、ご教授頂けませんでしょうか？」

「適当な事を言ったら、承知せんぞ！」

怒号を上げるガイウスに肩をすくめて、俺は口を開いた。

「共食いだよ。巨牡牛修羅は、巨牡牛修羅の肉を求めて争い合っていたんだ」

俺の言葉を聞いたガイウスは激昂《げきこう》し、俺に向かって一歩踏み出した。

「共食いだけでなく、魔物同士の喰《く》らい合いなんて、どこの魔物でもやりおるわ！　そんなくだらない事で――」

「ガイウス！」

エウラリアに制止され、ガイウスは俺に向かって舌打ちをする。だが『聖女』は、すぐに俺の方へ顔を向けた。

「ですが、ガイウスの疑問も尤《もっと》もです。他種族でも発生する共食いで、何故巨牡牛修羅だけあれ程活性化するのか？　チサト様は、そのお答えに辿《たど》り着いたのでしょうか？」

「ああ、そうだ」

そう言うと、僅かにエウラリアの目が見開かれる。彼女の顔を見返しながら、俺は言葉を紡ぎ始めた。

「共食いと言っても、ただの共食いじゃない。木乃伊化した巨牡牛修羅《アリシュタースラ》を喰らうために、巨牡牛修羅は活性化していたんだよ」

その言葉に、エウラリアは小首をかしげる。

「何故、木乃伊化している巨牡牛修羅を狙う必要があるのでしょう？」

「俺たちだって、体調が悪くなったら薬を、回復薬《ポーション》を飲むだろ？　あれと一緒だ」

「木乃伊が、回復薬の代わりに？」

俺は苦笑いをしながら、首肯した。

俺が前世いた世界でも、かつて木乃伊がある地方で薬として食されていた事実がある。その地域の木乃伊は長期保存を目的とされており、腐敗を防ぐために防腐剤が塗られていた。防腐剤の主成分はプロポリスという有機物質で、蜜蜂の巣から少量しか採取できないため、健康商品として高値で売買されているものだ。このプロポリスはテルペノイド、フラボノイド、アルテピリンなどで構成されており、天然の抗生物質とも呼ばれている。抗菌作用が強く、滋養強壮に効き、ピロリ菌を抑えるので、胃腸炎に効果があるとされていた。

「だから木乃伊化した仲間を喰らえば、その巨牡牛修羅は他の個体よりも強力になる。群れの中でも序列が上がり、強い個体が子を生《な》して、さらに強さを求めて木乃伊化した巨牡牛修羅を求めて活性化してたんだ。だからあのまま木乃伊化した巨牡牛修羅の一団の傍にいたら、その群れを狙った別の一団がどんどんと集まって来ることになったはずさ」

強くなった個体も、群れの序列が上がればその下の仲間を守る必要があり、他の群れに負けないようにより強さを求める。後はもう、その繰り返しだ。自らの益のために争いを止められないのは、何も人だけではないらしい。

俺の話を聞いたエウラリアが、疑問を口にする。

「でも、チサト様。そんなに簡単に巨牡牛修羅は木乃伊化するものなのでしょうか？　すぐに木乃伊化した個体が滅ぼされ、こうした活性化も長続きはしないと思うのですが」

「エウラリア様の言う通りだ！　貴様、でまかせを言ってるんじゃないだろうなっ！」

こちらを指差すガイウスに、俺は苦笑いを浮かべた。

「でまかせなんかじゃない。そもそも、どうして巨牡牛修羅は木乃伊化したんだと思う？　さっき、ガイウスも言っていたな？　魔物同士の喰らい合いなんて、どこの魔物でもやってる、って。そういう意味で、あんたらが俺に蜂系の討伐依頼を先に出していたというのは、回り回って今回の事件では正解だったらしい」

「まさかっ！」

俺の言葉を聞いて、エウラリアは何かに気づいたように、驚愕《きょうがく》の表情を浮かべる。そんな彼女に向かって、俺は頷《うなず》きをもって返答した。

「そうだ。薬の代わりになった成分は、蜂の巣から摂取できる。つまり、蜂系の魔物の巣からも摂取出来るんだよ」

俺は先にこいつらの依頼を受けて、殺人蜂《キラービー》や毒蜜蜂《ハニービー》、そして骸牛蜜蜂《アリスタイオスビー》といった蜂系の魔物の討伐を行った。そしてその場所は、かつてシエラ・デ・ラ・ラメが建っていた辺り。グアドリネスの北西の端で、俺たちが巨牡牛修羅と戦闘を行った砂漠地帯に、非常に近い場所に当たる。

「元々砂漠地帯は乾燥しやすく、木乃伊が出来やすい環境だ。そんな中、蜂系の魔物、その巣を喰らった巨牡牛修羅は死後肉体が腐らず、木乃伊化しやすくなっていた。結果、死んだ巨牡牛修羅はその後木乃伊の魔物として復活。単体では巨牡牛修羅に食われるため、群れとなって活動していたんだろう。もちろん、木乃伊化した巨牡牛修羅を喰らった巨牡牛修羅も同じ成分を摂取するので、木乃伊化しやすくなる。まぁ、自然死せずに今日俺たちがやったような殺し方をしたなら、木乃伊化してもすぐに朽ち果てるだけだろうがな」

「……チサト様が、先程私が先に依頼をした事が正しいとおっしゃっていた意味が、ようやくわかりましたわ。チサト様は蜂系の魔物を討伐する際、その巣の駆除を中心に実施していらっしゃいました。つまり、木乃伊化しやすくなる最初の起点は、既に排除されている、と？」

「その通りだ。だから巨牡牛修羅の活性化も、いずれ終わる」

これは、『幸運のお守り』事件の収束と同じ構図だ。

霊的喪屍《ゾンビ》を作るための道具一組《キット》が市場に出回っている間は、死者も出る。そうなれば『幸運のお守り』が市場に流れ、混乱はまだ続く。しかし、肝心の人魂尊犯毒《クー・ド・ブードル》を作れるイマジニットは、もう死んでいる。

今回の件も、木乃伊化した巨牡牛修羅がいる間は、まだ巨牡牛修羅の活性化、同士の喰らい合いは続くだろう。だが木乃伊化する起点となった蜂系の魔物の巣は駆除済みなので、巨牡牛修羅たちはこれ以上プロポリスを共食い以外で摂取することはない。そして木乃伊化しやすくなる環境が揃《そろ》っているとはいえ、死んだ魔物が確実に木乃伊化するわけではない。そうなれば、いずれ木乃伊化した巨牡牛修羅の個体数も減り、活動も落ち着いていくだろう。

これは、食物連鎖だ。過剰に増え過ぎ、活性化していた巨牡牛修羅たちは、その元となる蜂系の魔物の減少と共に、その活動も沈静化していく。

「巨牡牛修羅が活性化していた原因も判明し、その活動が落ち着くこともわかっている。結果論ではあるが、今日俺たちは巨牡牛修羅の数も、木乃伊化した巨牡牛修羅の数も減らした。これ以上巨牡牛修羅同士の戦いにわざわざ介入する必要はないと思っているんだが、どう思う？」

「……そうですね。あの調子であれば、木乃伊化していない巨牡牛修羅同士でも争い、数を減らすでしょうし、チサト様にお願いした依頼は、これで完了とさせて頂ければと思います」

「だったらチサトさん！　ご飯にしましょう！　私、お腹《なか》が空《す》きましたっ！」

エレーナが半泣きになりながら、声を上げる。ミルは何も言わずに俺の方を見上げているが、考えていることはわかった。天使の頭を撫《な》でる俺を見て、エウラリアは朗らかに笑う。

「では、少し移動して野営をしましょうか。日ももうすぐ沈むでしょうし、夜間に移動してまた巨牡牛修羅たちに襲われるのは、勘弁して頂きたいですから」

「全く、貴様がこんな方向に馬車を走らせなければ、夜までに最寄りの町ぐらいには辿り着けたものを！　そうすればこんな場所でエウラリア様を野宿などさせることもなかったはずなのにっ！」

ガイウスの言葉に、思わず俺は嘆息する。

「あの混乱の中、エレーナを拾いつつ、他の巨牡牛修羅の一団を避けて、そんな中で町に近い方へ逃げろって？」

「おなかすいた」

ミルが俺の袖を引いた所で、話し合いが終わり、全員で移動を開始する。野営がし易《やす》いように沿岸部沿いの森の中へ向かい、荷物等を積み下ろす。日が沈む前に火を起こし、夕食の準備を行った。夕食と言っても、干し肉を焼いたり野菜を煮込んだりしたものだが、それでも何かを口にすれば、体力が回復できる。夕食を取った後は、それぞれの天幕で、皆休むこととなった。

俺とミルは、二人に割り当てられた天幕に入る。するとミルが、こちらに向かって小さくつぶやいた。

「やるの？」

「……ああ、そうだよ。ミル」

俺の口に、暗い笑みが浮かぶ。エレーナを拾いつつ、他の巨牡牛修羅の群れを避けて、そんな中で町に近い方角へ馬車で逃げられるか？

ガイウスに責められた時答えなかったが、その解答は一つしかない。

答えは、出来る。

何故《なぜ》なら、木乃伊《ミイラ》化した巨牡牛修羅から距離を取れば、巨牡牛修羅同士の争いに巻き込まれることはないからだ。そのため、途中で迂回《うかい》しながら町へ移動することは、当然出来た。でも、それを俺はしなかった。

何故か？　その答えも、一つしかない。

……この場で、エウラリアを殺す。

蜂系の魔物《モンスター》を討伐した際行っていた仕込みというのは、全て『聖女』暗殺のために行ったものだ。ファルフィルから得た情報で、巨牡牛修羅の活動について懸念が出ることは既に把握していた。その対応にエウラリアが派遣されると予想していた俺は、それを利用し、『聖女』を殺すため、この一帯にその準備を施していたのだ。

俺にその討伐依頼が出された時は、その動きも無駄になるかと冷や汗ものだったが、結果は御覧の通り、エウラリアたちも同行しての討伐となっている。『聖女』暗殺を企てている俺としては、エウラリアたちが巨牡牛修羅討伐後に尾行するのではなく、大手を振って同行できたため、結果的に動きやすい状態となっていた。

……この場にいる全員を鏖殺《おうさつ》する方法は、俺たちも含めて全員死んだことにしなければならないので、こちらも行方を晦《くら》ませる必要がある。

それはそれで一つのやり方だが、死者と会話出来るエウラリアという存在の登場を予見できなかったように、生存者の捜索に長《た》けた技能《スキル》や《魔法》を使える人材が神殿に所属していないとも限らない。そうなれば俺たちが生きていることもバレて、神殿から追われる立場になってしまう。

……だから一番いいのは、現場不在証明《アリバイ》なんだ。『聖女』を俺が殺していないという、絶対的な現場不在証明があれば、『聖女』殺しの容疑者から俺は外れることになる。

そうなれば、恐れるものは何もない。今回の依頼で借金も返済し切ったし、ミルと共にドゥーヒガンズで今まで通りの生活を続ければいいのだ。

そうした輝かしい未来に行き着くための仕込みは、先程述べた通り、もう完了している。

『また、殺すの？　その子のために？』

耳元で聞こえた獣人《セリアンスロープ》の囁《ささや》きに、俺は僅かに、だが確実に頷く。

……エウラリアたちの戦闘能力は、今日の戦闘で把握した。強力な《魔法》や、『魔道具』の存在も確認している。

それでも、殺《や》れるはずだ。

いや、殺るしかないのだ。ミルのために。

そして何より、俺のために。

皆が寝静まった所を見計らい、俺は天幕を抜け出した。闇夜に紛れながら、これ程までに自分に殺しの才能を求めた瞬間はなかったなと、そんな馬鹿なことを考えた。どうせ世界を殺しつくしてしまうのであれば、俺は今、ここでアブベラントという世界を終わらせてしまいたい。

そんな馬鹿みたいな絵空事を実現させるかのように、俺とミルの未来を邪魔する奴《やつ》らを全て断ち切るように、俺は懐から、解剖刀《メス》を取り出す。

その刃に星明かりが当たって、鈍く輝いた。

それはまるで、命の煌《きら》めきの様にも見えた。

第三章

[redacted]

怒号と轟音《ごうおん》と咆号《ほうごう》が、轟々《ごうごう》と砂漠の大地に響き渡る。白煙に硝煙に砲煙が立ち上り、砂《さ》塵《じん》に粉塵《ふんじん》が舞って、戦塵《せんじん》が巻き起こっていて、視界が悪い。

ナラヤンが率いるジムタピルサーカたちによって、ラワュシァヴサバが留《とど》まる肥沃な土地《オアシス》が襲撃されているのだ。襲撃されたのは一箇所ではなく、複数箇所。それも同時に襲われるという事象が、連日発生していた。

今もまた、砲撃に《魔法》と攻撃が行き交い、地面が吹き飛ぶ。鮮血と共に悲鳴が上がり、腕が吹き飛んだ人の呻《うめ》き声《ごえ》が辺りに響いた。そうした惨状を止めるべく、連絡を受けてからすぐに襲われた肥沃な土地へ赴くのだが、僕たちが駆けつけた時には、毎回ジムタピルサーカは撤退した後。ラワュシァヴサバの損害は、増える一方だった。

「じり貧だな……」

ブライが悲愴《ひそう》感を滲《にじ》ませながらそう言って、傷ついた仲間へ回復薬《ポーション》を渡して回る。致命傷でなければ、アブベラントに住む人たちは命を失うことはない。そういう意味で、これだけ襲撃を受けているにも拘《かか》わらず、ラワュシァヴサバ側の死亡者は零だ。

だが、回復薬も無限にあるわけではない。そもそも無料ではないので、金もかかる。金は、有限だ。使える額にも限りがあり、それ故先程のブライの言葉に繋《つな》がる、というわけだ。

……サフィがいる所に、ラワュシァヴサバ全員が留まっているわけじゃないからな。

何者にも侵害されないであろう力を持つサフィの邪悪を退ける神託《アイギス・プラエズイディ・シビュラ》であっても、彼女の傍《そば》でなければその力は届かない。そして残念ながら、守りたい人は、常に自分の近くにいてくれるとは限らないのだ。防げる悲劇も損害も、どうしても限界が存在する。

「チサト。少し、いいか？」

仲間の治療が一段落した所で、僕はブライに呼ばれた。治療者を集めた天幕から出て、彼の背中を追う。仲間の血が染み込んだ砂を踏みしめて歩きながら、ブライは僕に語りかけてきた。

「そろそろ、限界がきている」

「サフィに、不満を持っている人たちの事？」

「……ああ。サフィの理想は理想として共感しているが、現実に傷つけられた人たちがその理想を体現出来るかと言われると、それはまた別の話だ」

その言葉に、僕は小さく頷《うなず》いた。

誰も傷つけないという理想は、とても立派だ。誰がどう考えても素晴らしいし、尊重されるべき考え方なのだとも思う。

　でも、自分がいざ傷つけられる側になった時にも、その考え方を守り続けられるかと言えば、難しいと言わざるをえない。自分だけが一方的に奪われるのも許せないし、自分の愛《いと》しい人が傷つけられて黙っていられるような人の方が少ないはずだ。

　何故自分だけが、何故あの人だけが、こんな目に遭わなくてはならないのだろうか？

　一度でもその考えが頭をよぎったら、もう復讐《ふくしゅう》の二文字を頭の外に追い出すのは難しくなる。治り辛《づら》い褥瘡《じょくそう》の様に、脳裏に刻み込まれてしまう。

「俺としても、受け身の姿勢では対応が難しい時期に来ていると思う」

「それは同感だけど、サフィにはどう説明するの？」

「……言わないよ。俺の独断でやる」

　そう言ってブライは、真剣な眼差《まなざ》しで僕を見つめる。

「俺たちが一つにまとまっていられるのは、どれだけ甘いと言われても、御伽噺《おとぎばなし》の様な夢物語と言われても、サフィが理想を語っているからだ。サフィが辛く、痛みを感じる現実を語ったら、ラワュシァヴサバは違う組織になっちまう」

　その言葉で、僕はブライが何を考えているのかを悟る。

「だから、汚名は全部自分が被《かぶ》るって？　サフィがそのまま、理想を語れるように」

「……ああ、そうさ。それでも、ナラヤンの身柄を押さえられれば、ジムタピルサーカと有利に交渉できる。でも、そうならない場合、俺たちが負けそうになった時は、奴らを道連れに冒険者組合《ギルド》に捕まろうと思っているよ」

「でも、それだと結局、ラワュシァヴサバにも調査の手が伸びるんじゃない？　意思決定者の、サフィも捕まると思うよ」

　そう言う僕に、ブライは首を振った。そして、どこか吹っ切れたように、笑う。

「何を言ってるんだ、チサト。全ては、俺が独断でやったことだよ。サフィが意思決定権を持っているラワュシァヴサバと、これから俺が率いる、ジムタピルサーカと確執があって、ナラヤンたちと抗争を起こす組織は別物さ」

　それは、思わず笑ってしまうような詭弁《きべん》だった。だが、組織犯罪集団《マフィア》から貧困層の依頼を受けていた組織が分離しているというのであれば、その組織を冒険者組合が積極的に取り締まる理由はなくなる。

　それどころか、組織犯罪集団から完全に切り離され、貧困層を救う取り組みをしているサフィたちは、冒険者組合に組み入れてもらえる可能性も出てくるだろう。

「どうしてブライは、そこまで身を挺《てい》してサフィを守れるの？」

　気づいた時には、僕はそう口にしていた。双子の姉を守りたいという気持ちも、もちろんブライにはあるのだろう。仲間が勝手に暴走するぐらいなら、自分が積極的に活動に参加して落とし所を探りたいという気持ちも、もちろんあるのだろう。

　……でも、それだけで自分の人生を捨てかねない決断が出来るものだろうか？

　自らの死で、マリーたちに自分たちが魔物の血を引いているという秘密を守り通したフリッツの事を思い出しながら、僕はもう一度ブライに問いかける。

「どうしてブライは、そこまで出来るの？」

その問は、何故笑いながら愛する人たちと決別できるのか？　という僕の心の底からの問でもあった。

自分なら、出来るだろうか？　少なくとも、俺の手で死なせてしまった嘉与《かよ》とは、フリッツとは、笑いながら決別したくないし、出来ないだろうし、事実、出来なかった。

それどころか、僕がどう振る舞うか？　より、もう既に死に別れてしまった愛する人たちに、それは叶《かな》わない願いだと思っていても、僕はどうしようもなく、求めてしまう。

彼らに、罵って欲しい。何故助けてくれなかったんだと、罵倒して欲しい。もっといい案を何故思いついてくれなかったんだと、誹謗《ひぼう》し続けて欲しい。

……大切な人の声が聞こえなくなるぐらいなら、怨霊でも、悪霊でも、呪い殺してくれてもいい。狂っていると、頭がおかしくなってしまったと思われてもいい。それでもいいから、僕はその人たちと、ずっと傍に居たいよ。彼らの声を、ずっと、ずっと聞いていたいよ。

だから僕は、もう一度ブライに問いかける。

「どうしてブライは、サフィのために、笑って散ろうと思えるの？　決別を、選べるの？」

そう言った僕に向かって、彼は苦笑いを浮かべる。

「そんな、大層なもんじゃないよ。さっきも言っただろ？　サフィが現実を、ジムタピルサーカと正面からぶつかる道を選んだら、ラワュシァヴサバは違う組織になっちまう。今の、優しい組織じゃななくなっちまう。そうなったらもう、俺たちは組織犯罪集団から足を洗うことなんて、絶対に出来ないよ。これから先、ずっと日陰者として生きて行くしかなくなっちまう。俺たちの子供に、孫に、ひ孫に、その下の世代に、そんな未来を渡したくない。つなげたくないんだ。俺たちの代で、そういうのは終わりにしたいんだよ。そして、そういう明るい未来には、サフィのように理想を語れるやつが必要なんだ。困難に打ち勝つには、あいつの甘ったれな理想が必要なんだよ」

「……そうか」

ブライが自分の未来を捨てる程の、そして双子の姉と別れる覚悟が出来るのは、困難を乗り越えるのをよしとしているニーターナサ教の教えと、これから生まれてくる子らの未来のためだったのだ。

ブライの言葉に納得する様に頷くと、僕は彼に向かって手を差し伸べる。

「だったら、いよいよ僕の力が必要そうだね」

「……いいのか？　チサト」

何故《なぜ》だか驚いたように目を見開くブライに、僕は苦笑する。

「いいも何も、そのつもりだったから、僕を呼び出したんでしょ？」

「そうだが、冒険者組合から目をつけられると、今後チサトの活動に支障が出るんじゃないか？」

さ」


「それ、ブライが言うの?」

僕は思わず、更に笑ってしまう。

「まぁ、僕は元々冒険者組合とはそこまで折り合いが良かったわけじゃないからね。それに、僕はこの国の住人じゃない。いざとなったらすぐに逃げられる、身軽な一人身だからさ」

そう言って僕は、改めて手を差し出す。それを見たブライは、少し唇を噛《か》んだ。

「すまん。ありがとう。それじゃあこれから――」

「ちょっと待ってっ!」

手を握り合おうとした僕らの後ろから、そんな声が聞こえてくる。振り返るとそこには、鬼気迫る表情をしたサフィの姿があった。

それを見て、ブライが狼狽《ろうばい》する。

「サフィ? どうし――」

「どうしたも何もないわよ! 私、全部聞いてたんだから!」

そう言ってサフィは、自分の双子の弟の手を強引に摑《つか》んだ。

「勝手に出ていって戦おうとするなんて、絶対許さないからっ!」

「……許さないも何も、もう非暴力でどうにか出来る状況じゃなくなってるんだよ!」

ブライは舌打ちをして、サフィを睨《にら》む。彼の苛立《いらだ》ちはジムタピルサーカとの確執だけでなく、守ろうとしているサフィと言い争いになってしまう不条理についても、怒りを感じているのだろう。それを吐き出すように、ブライは口を開いた。

「聞いていたなら、わかるだろ？　このままじゃ、組織が立ち行かなくなる。そうなったら、ラワュシァヴサバはおしまいだ。サフィの理想にも、届かず終わっちまうぞ！」

「そうはならないわ！　ナラヤンさんだって、話せばわかってくれるわよ！　それに、私の未来には貴方《あなた》が必要なのよ？　ブライ。勝手に決めて、勝手にいなくなるような真似《まね》はしないで！」

サフィに潤んだ瞳でそう迫られ、ブライは苦渋の表情を浮かべる。

「俺だって、サフィと一緒にラワュシァヴサバの未来を見たいよ。でも、これ以外にどんな方法がある？　なぁ、サフィ。教えてくれ！　もう仲間を傷つけさせず、それでいてラワュシァヴサバの未来を救える方法があるなら、俺に教えてくれよっ！」

今度は反対に、ブライがサフィに縋《すが》りつく様に懇願した。

彼が今口にした通り、他の方法があるのであれば、ブライはそれを選ぶだろう。全員が穏やかで、優しい時間を過ごし、その時間を生み出すために、皆で協力する。協力できる。そんな、夢のような選択肢があれば、誰だって選ぶはずだ。御伽噺の様な、そんな夢物語の様な美しい世界に、誰だって行きたいと願うものだ。

でも、ないのだ。

ないと結論付けたからこそ、それ以外にやり方がないと、考え抜いた上で、ブライはその結論に達したのだ。

誰しも出来る事と出来ない事がある。出来ることは出来るが、やれないものは、やれないのだ。

今の僕たちには、サフィの優しい世界を実現するだけの、力がないのだ。

だから僕はサフィを説得するために、口を開こうとした。所で――

「……あるわ」

「え？」

その溢《あふ》れた様な疑問の言葉は、果たして僕のものだったのか、それともブライのものだったのか。何《いず》れにせよ、僕らはサフィの言葉に茫然自失《ぼうぜんじしつ》となっていた。

そんな中、先に口を開いたのは、ブライだった。

「どういう、こと？　ナラヤンたちと争うことなく、ラワュシァヴサバとジムタピルサーカの確執を終わらせられるって言うのかい？　サフィ」

「ええ、そうよ」

そう言い切ったサフィの表情は、涙を浮かべていた先程とは打って変わり、決意の炎がその瞳の中に灯《とも》り、輝いていた。

「ブライ。どこかの肥沃な土地《オアシス》、その一箇所に、ラワュシァヴサバの皆を全員集めて」

「な、何をするつもりなんだ？　サフィ」

「話すのよ、ナラヤンさんたちと」

「な、何を馬鹿なことを言っているんだ！　そんな危険な――」

「私の力は、知っているでしょ？　ブライ」

サフィは、邪悪を退ける神託《アイギス・プラエズイディ・シビュラ》の事を言っているのだろう。確かにあの技能《スキル》であれば、彼女が傷つくことはない。だが、それで一体何をしようと言うのだろうか？

そう思っていると、サフィが苦笑いを浮かべる。

「簡単なことよ、二人とも。本当に、簡単なこと。それで、ラワュシァヴサバの皆の安全は保障出来る。でも、この神託《オラクル》は本来こういう使い方をするものじゃないし、皆を集めている間お仕事出来なくなっちゃうから、ラワュシァヴサバの収入がなくなるし、いいことばっかりじゃないんだけどね」

でもね、とサフィは、言葉を紡いでいく。

「皆が傷つくのは、私も嫌。でも、争うのも嫌。その両方を取りに行くなら、私も覚悟を決めなくっちゃね」

そしてその後、サフィは皆を一箇所に集めて何をするつもりなのか、僕らに説明してくれた。その話を聞き終えると、僕は思わず唸《うな》ってしまう。

……確かに、その方法なら、やれるかもしれない。

御伽噺の様な、夢物語の様な、絵空事の様なそんな事が、出来るかもしれない。

見れば、僕と同じ様に驚愕《きょうがく》の表情を浮かべていたブライと、目が合った。僕もブライも、ラワュシァヴサバとジムタピルサーカの確執をどうにかするために、非暴力を唱えるサフィという存在を、どうしても除外して対応方法を考えていたのだ。事実、彼女も言った通り、サファィは自ら進んで邪悪を退ける神託を猥《みだ》りに使うような事はしない。だが、彼女が自ら進んでその力を振るってくれるのであれば、考えられる選択肢はかなり増える。

そして、その増えた選択肢の中に、暴力を振るわない選択肢も、確かにあるように思えた。

……完全な非暴力かどうかは際どい所がありそうだけど、でも、僕らから暴力を振るうような事は確実にない。

そこまで考えて、僕は自然に自分の事を、ラワュシァヴサバの一員として考えている事に気が付いた。今まで一人で足掻《あが》いていた自分の心理状態の変化に愕然《がくぜん》としていると、ブライはこの方法ならいけると頷《うなず》き、仲間を集めるために既に走り出していた。僕はその背中を、まだ夢を見ているような気持ちで見つめている。こんなやり方があるだなんて、完全に盲点だった。

そしてその方法を、サフィ自ら提案するだなんて、完全に想定できなかった。僕もまた、サフィという少女を、ただの夢見がちな子供だと、甘ちゃんだと、侮っていたのだ。

「ね？　言ったでしょ？　絶対、争わなくても皆で幸せになれる未来が来る、って」

そう言ってサフィは、僕に向かって朗らかに笑う。その笑みが眩《まぶ》しくて、僕は思わず目を細めた。

……僕も諦めてなければ、何か変わったんだろうか？

もう少し足掻いていれば、抗《あらが》っていれば、君たちの様に仲間と一緒に歩めていたのなら、今とは違う未来を摑めたのだろうか？　最悪な結果を、回避出来たのだろうか？

そんな、御伽噺《おとぎばなし》の様な、夢物語の様な、絵空事の様な輝かしい未来へ、僕は辿《たど》り着けるのだろうか？

……いや、いつかじゃない。きっと、今なんだ。サフィたちと一緒に居られる、仲間がいる、今がきっと、その時なんだ。

サフィを見ていると、そう思わざるをえない。過去は、確かに変えられない。でも、これから先、未来なら、もう少し良い結果に導ける。そのはずだ。

既に失ったと思っていた何かが、出来ないと切り捨て、諦めていたはずの何かが、僕の中で熱を持つ。その熱に動かされるように、僕もブライを追って走り始めた。

■■■■■■■■■■■■■■■

虫の音が、どこか遠くから響いてきた。

鬱蒼《うつそう》と茂る森の中は、そこで生活する生物たちを覆い隠し、彼らを庇護《ひご》する巨大な繭の様にも思えてくる。事実、こうした森の中でしか、生きられない生物は存在するだろう。

それが夜ともなれば、森という巨大な繭は、生き物が隠れて過ごすにはうってつけの場所だった。この森の中で、今宵《こよい》もまた、新しい命が生まれるのだろう。虫たちは互いの番《つが》いを求めて、自分の存在を目一杯、この繭の中で主張する。

虫の音が、どこか遠くから響いてきた。

そしてその音を目掛けて、一羽の鳥が飛翔《ひしょう》する。彼らもまた、生きるため、そして自分の子孫を残すため、そして子供が口にする餌を求めて、虫を食《は》んだのだ。

森というのは、巨大な繭だ。生物たちが互いに寄り添いあい、生きるために揺蕩《たゆた》っている。虫は鳥に食べられ、鳥はまた別の獣に捕食され、その糞《ふん》は木々を育てる糧となり、他者を喰《く》らった獣の屍肉《しにく》も、やがて虫が育つ肥料となる。互いに喰らい合い、殺し合い、そして食物連鎖の循環として、一つの巨大な繭という世界を、森は形成しているのだ。

この森が、そうした世界であるならば。

この森という繭の中に。

食物連鎖の中に。

喰らい合い。

殺し合う。

その循環の中に、人という生物が入っていても、何ら不思議ではないはずだ。

そう、生きるために。

俺《暗殺者》が、ミル《天使》と生きるために。

そしてこれから何度も黄昏時《たそがれどき》を迎え、越え、そして笑い合うために。

この巨大な繭の中に、エウラリアという屍肉が転がっているのは、何ら自然の摂理に反するものではないはずだ。

だから俺は迷わず、懐から解剖刀《メス》を抜き、切除《レセクション》を放った。

爆音が鳴り響き、ガイウスたちが張った天幕と木々を爆風が激しく揺らす。折れた枝葉や石が騒音を立てながら、烈風に乗って転げ回る。そしてそれらを吹き飛ばすように轟音《ごうおん》を上げて、炎を纏《まと》った暴風が上空に渦を巻きながら舞い上がった。夜空には熱風に吹き上げられ、一瞬で体を燃やし尽くされた虫たちの、鳥たちの姿がある。墨を溶かした様な夜空に、命が燃え尽きていく篝火《かがりび》の花火となった彼らは炭となって宙を揺蕩いながら、更なる爆破で焼尽する定めを待つ、森という繭の中で生きる生命たちを見下ろしていた。

「何事だっ！」

ガイウスが焦燥を感じさせる声を出し、天幕から出てきて、すぐに他の『聖騎士』たちと合流。エウラリアが休んでいる天幕の前へと集まってきた。

「エウラリア様！　ご無事ですか？」

「ええ、大丈夫です。ですが、一体何が——」

「火事だ！　逃げろ！」

ミルを連れて走ってきた俺の方へ、エウラリアたちが混乱しながら振り向く。彼らの瞳には、俺の背後には、確かに燃え盛る木々たち、そして今も燃え尽きていく生物たちの姿が見えるだろう。繭の中で死に絶える生命の断末魔の叫びは、勢いを増す炎が引火する存在全てを巻き込んで燃える音に掻《か》き消されている様だった。

「ひとまずこの森から出て、沿岸部へ向かおう。このまま残ってたら、焼け死ぬぞ!」

「な、何なんですかぁ? 人が気持ちよぉく寝てたのに……」

鬼気迫る表情の俺とは対象的に、エレーナはおっとりと眠そうな目をこする。そんな『修道女』に向かい、俺は叫んだ。

「馬鹿野郎! 早く逃げるぞっ!」

「フラウィウス! お前、この爆破について何か原因を特定できそうなものを見ていないのか?」

「わかりません! 周りを警戒して見張りをしていたのですが、魔物《モンスター》の気配は感じたものの、遠巻きにこちらを様子見している様子でした」

その言葉に、俺は人知れず舌打ちをした。そう、今回俺がエウラリアを暗殺する上で、一つ大きな制約が存在する。

……俺は、エウラリアを殺す前に、『聖騎士』たちを暗殺出来ない。

エウラリアは、死者と会話することが出来る。本来であれば、見張りに立っていたフラウィウスを暗殺し、戦況をこちらに有利に進めたかったのだ。しかし、死後のフラウィウスとエウラリアが会話をしてしまえば、俺がフラウィウスを殺した何かしらの痕跡を辿られる可能性がある。そうなってしまうと、一気にこちらが不利な状況になるだろう。だから『聖騎士』たちを排除するのは、エウラリアを殺せることが確定した時以外にない。しかし、万が一エウラリアが生き残ってしまえば、その時はこちらがどう足掻いても俺の殺意を誤魔化す事が不可能な状況に陥っているはずだ。

……やはり失敗出来ない以上、殺す順番はエウラリアが一番初めか。

そうした制約があるため、フラウィウスに気づかれないよう、俺は遠くに仕掛けた爆薬を作動させざるを得なかったのだ。

そう思いながら、俺はガイウスへ向かって口を開く。

「魔物の襲撃だとしたら、火で逃げ場をなくされる方がまずい。今は一刻も早く、エウラリアの身の安全を守ること。それが重要なんじゃないか？」

「……確かに、その通りだな」

自分を納得させるように小さく頷くと、『聖女』を守る役目を追っている『聖騎士』であるガイウスは、エウラリアの手を摑《つか》んで馬車の方へ走り始めた。

「エウラリア様、こちらです！　ディオクレスとアヌリヌスは、先行して安全の確保を！　フラウィウスは小職と一緒にエウラリア様の警護を継続する！」

了解、と言って、三人の『聖騎士』は鎧《よろい》を鳴らしながら、馬車に向かって全速力で行進を開始。ディオクレスとアヌリヌスを乗せた馬車が沿岸部に向かって走り出すのを見ながら、俺もミルを抱え、エレーナと並び、ガイウスとフラウィウスがエウラリアを乗せようとしている馬車に走り込んでいった。

その直後、背後でまた大きな火の手が上がる。熱風に煽《あお》られ、エウラリアが、後ろ髪を引かれるように一度振り向くが、結局前を向いて馬車に乗り込んだ。その後に続いて、俺とミル、そしてエレーナも馬車に乗り込む。

フラウィウスが馬に鞭《むち》を打ち、馬の嘶《いなな》きと共に背後で爆音が上がる中、俺たちを乗せた馬車も走り出す。地震に見舞われているのかと錯覚する程の震動を馬車の中で感じながら、俺は内心ほくそ笑んだ。

……原因不明の爆発がこの先で起こらないか警戒しているのだろうが、大丈夫だ。そっちには仕掛けてないからな。

少なくとも俺が用意した爆薬は、後方にしか仕掛けていない。天幕をどこに張るのかはわからなかったので複数仕掛けたのだが、今の爆破は最初に俺が作動させた爆破に別の爆薬が引火し、作動したのだろう。今もまた、後方で爆音が鳴り響いた。

爆破によるエウラリア暗殺も検討してみたのだが、それだと俺の現場不在証明《アリバイ》がなくなってしまう。時限式の爆弾を使われたと見なされたら、全く反論できなくなるからだ。実際、俺が爆薬を用意した痕跡は、まだ残っているだろう。

だから俺は第一声で火事だと危機感を募らせ、一緒に逃げる演技をしてあの場所から離れさせたのだ。エウラリアを守るため、という大義名分も交えて言葉を紡いだので、ガイウスたちも違和感なく俺の言葉を受け入れてくれた。ここまでは自分の思い通りの展開になっている事に、俺は内心笑みを浮かべる。

巨牡牛修羅《アリシユターースラ》との戦闘で、エウラリアたちが《魔法》で水を操っていなかった事は確認出来ている。

ガイウスたちの『魔道具』で生み出せるのも、氷までだ。水であれば地面を伝って消えていくが、氷を生んでしまえば、下手すると進行方向を塞いでしまう可能性もある。襲撃者の状況がわからない以上、逃走経路は確保しておきたいというのが、『聖騎士』たちの心理になる。

他方、エウラリアは信仰魔法《ディバイン・マジック》で雨を降らせることが出来るかもしれないが、彼女は分をわきまえた発言や行動をしていた。

エウラリアは、俺に依頼を出したりといった意思決定権は譲らない。だが一方で、エウラリアを守るという『聖騎士』たちの行動については口を挟まず、むしろ助言を受け入れている。それは初めてドゥーヒガンズで彼女と邂逅《かいこう》した際、ガイウスの助言を聞き入れてその場を離れた事からわかっていた。

……だから俺はガイウスを焚《た》き付けて、この場を離れる決断をさせたんだよ。

こうして移動している間に、俺が爆薬を用意した痕跡も燃えて消え去るだろう。

『でも、この仕掛けの目的は、それだけじゃない。『聖女』たちを移動させるためだけに、アンタはこんな大掛かりな仕掛けを用意したりしない』

少女の幻聴に、俺は内心頷《うなず》いておく。その指摘通り、俺の本当の狙いは、別にあるのだ。

そしてその狙いは、先行していたディオクレスとアヌリヌスが乗る馬車の足が止まったことで成功したことを、俺は確信した。

「敵襲です！」

「魔物です！　それも、何なんだ？　この数はっ！」

狼狽《ろうばい》するその声と共に木々の間から現れたのは、蒼白《あおじろ》く、氷の様な塊を皮膚に宿す巨大な角のない雌牛、豊かなる角なし牛《アウズンブラ》の一団、それも複数の群れだった。豊かなる角なし牛は白い息を吐きながら、けたたましい咆哮《ほうこう》を上げる。

ディオクレスとアヌリヌスが馬車を乗り捨てて魔物へ向かっていく中、ミルは俺たちの乗る馬車の後方へ目を向けていた。

「におう」

瞬間、俺たちの乗った馬車が薙《な》ぎ倒される。馬車が横転する前に、俺はミルを抱えて、ガイウスはエウラリアを抱えて、馬車から飛び出していた。フラウィウスは回転しながら着地し、エレーナは豪快に地面と接吻《せっぷん》。だが、いてて、と立ち上がっている所を見ると、酷《ひど》い怪我《けが》は追っていないようだ。

吹き飛ばされた馬車の方はと言うと、見る影もなく粉々にされていた。折れた木々が馬の胴体や腿《もも》に突き刺さり、馬の悲鳴と鮮血が夜空に上がる。その上空。いや、木々の上に、そいつらはいた。

大蛇のような下半身を幹に巻き付けて、上半身の牛の体は、興奮からか俺たちを獲物だと思っているのか、涎《よだれ》を垂らし、それが地面に落ちる。こちらは、どうやら半牛半蛇《オフィオタウラス》の群れ、しかも複数存在しているみたいだ。

豊かなる角なし牛と半牛半蛇の群れが複数存在していると判断したのは、彼らが俺たちだけでなく、同種族にも敵意を向けているのが理由だ。血走った魔物たちの目は、憤怒の炎に燃え上がっている。この二種族の魔物たちも、巨牡牛修羅と同様、縄張り争いをしているのだ。

……まぁ、それは俺が引き起こしたんだけどな。

巨牡牛修羅は、牛系の魔物に該当する。そしてこのグアドリネス大陸には、牛頭怪人《ミノタウロス》を始め、他にも牛系の魔物が生息していた。

……だとするなら、蜂系の魔物を捕食する巨牡牛修羅と、他の牛系の魔物も、同じような関係性になっているはずだ。

それはつまり、俺が蜂系の魔物を巣ごと減少させたため、この森に生息する他の牛系の魔物の食料が減っている事を意味している。

これは、食物連鎖だ。この森という繭の中で起こっている、食物連鎖の不均衡。餌がなくなれば魔物は餌を求めて縄張りを広げようとし、それでも飢えに苦しんでいるのであれば、共食いをして自分だけでも生き残ろうと、魔物同士が争いを繰り広げる世界が出来上がる。

蜂系の魔物を鏖殺《おうさつ》する事で、俺はこの森という繭の中を、魔物同士の群雄割拠に作り変えていたのだ。

そして今俺たちは、『聖女』は、『聖騎士』たちは、そのど真ん中にいる。

だが魔物同士も、きっかけがなければこれ程までに一斉に集まって来るわけがない。しかし、きっかけは先程俺たちが移動してきた場所で発生していた。

つまり、俺が用意した爆薬だ。

あの仕掛けの本当の目的は、魔物たちを刺激し、集め、魔物の坩堝《るつぼ》を作ること。

そしてその魔物に、エウラリアを殺させることだ。

魔物たちは当初、互いに威嚇をして若干の膠着《こうちゃく》状態となっていたが、一匹の豊かなる角なし牛が負傷した馬に喰《く》らいついたのを皮切りに、一気に混戦状態へと発展する。馬の断末魔の叫びが燃え盛る森に響き渡り、それに興奮した豊かなる角なし牛が、半牛半蛇が、瀕死《ひんし》の馬の喉笛に、腿に、鬣《たてがみ》に喰らいつく。朱の火の粉が舞って、血潮も舞った。濃密な死臭に激臭に異臭が鼻腔《びこう》を刺激し、死の臭いに魔物たちが猛《たけ》って、燃え盛る炎よりも勢い激しく、目に付く全ての生き物に襲い掛かる。

だが、その暴力の殆《ほとん》どが向けられる先は、俺たち、つまりエウラリアがいる方だった。

野性の勘とでもいうのだろうか？　エウラリア、そして彼女を守るガイウスたちが、この場で一番目に付く強敵だと、本能的に魔物たちも認識しているのだろう。一番の障害になる『聖騎士』たちを排除すべく、魔物たちが躍りかかってくる。

……さぁ、『聖騎士』ども。お前たちは果たしてこれだけの魔物を前に、『聖女』様を守り抜けるかな？

心の中で獰猛《どうもう》に笑いながら、俺は万全を期して作り上げた必殺とも言える『聖女』暗殺という状況に満足しつつ、解剖刀《メス》を引き抜いた。もちろん、エウラリアを殺したいからと言って、この状況で俺がなにもしないのでは怪しまれる。それに、この魔物たちにミルを近づけさせるわけにはいかなかった。彼女に、天使の力を使わせるわけにはいかないのだ。

俺は切除《レセクション》を放ち、上空から降ってくる半牛半蛇たちを射殺していく。

「エレーナ！　ミルを頼むぞっ！」

俺は返事も聞かずに、ミルをエレーナに預けると走り始めた。巨牡牛修羅との戦闘で、あの『修道女』ならミルを預けるに足りる戦闘能力を有していると判断したのだ。エレーナがいてくれるから、俺も全力でエウラリアの暗殺に動くことができる。

……やはり一人では、出来る事と出来ない事の差がかなりあるからな。

生い茂る草を踏みしめながら、俺は懐から解剖刀を四本取り出す。木々を伝う半牛半蛇たちの蛇の尾が俺に迫るが、それは逆に俺へ切除を放って殺《し》て《く》れ《れ》と言っているようなものだ。

向こうからやってくる魔物という的に、俺は切除を放つ。魔物の眼窩《がんか》、鼻腔、そして口腔《こう》から血が吹き出し、絶命する。だが、半牛半蛇の死体は落下運動を続け、遠慮なくこちらに降ってきた。

降ってくる魔物の死体を一体、二体と踏み台にして、俺は半牛半蛇たちが待つ木々の上へと舞い上がる。体を捻じり、回転しながら切除を放つと、更に魔物《モンスター》の断末魔の叫びが上がった。そうやって魔物を討伐している俺に向かって、ガイウスが魔物を斬り伏せながら罵声を浴びせてくる。

「貴様！　何故《なぜ》ちまちまと一体ずつ殺しているんだ！　巨牡牛修羅の時のように、薙ぎ払えっ！」

「空間ごと削っても《殺しても》いいが、それだと木々が倒壊するし、エウラリアを巻き込んでしまう可能性もある。乱戦じゃ俺の力は強すぎるんだよ！」

　そう返した俺の言葉は、事実でもある。だが本当の狙い、仕込みの一つは、そういった乱戦を作り、戦局を長引かせる事だ。俺が魔物を一体ずつしか倒せない状況を作ることで、『聖騎士』たちとエウラリアの疲弊を狙っている。

　……それに密集戦だと、エウラリアに気づけなくなる可能性があるから、強力な力を持つお前ら『聖騎士』の『魔道具』も、俺の切除と同じく使えないだろ？　特にアヌリヌスの鞭とフラウィウスの大剣を使うと、森が更に燃える恐れもあるからな。

　森で遭遇し、俺が呼び寄せた魔物たちは場所の適性を活《い》かし、前後左右だけでなく、下からは豊かなる角なし牛、上からは半牛半蛇と、上下にも気を遣う必要がある状況を生み出していた。どれもこれも、力任せに突破するのではなく、護衛対象を守りながらの先頭という事で、強力な『魔道具』や技能《スキル》を有していることが、今回は『聖騎士』たちの足枷《あしかせ》となってしまっている。

　そのためガイウスは俺の力を頼ったのだろうが、当てが外れたようだ。『聖騎士』は苛《いら》そのミルを預けたエレーナの方へ視線を向けると、彼女はあの光の剣を振るい、魔物を屠っていた。

エウラリアの周りに集まっており、ミルの存在を気にする素振りも見せていない。

露骨に舌打ちをして、ガイウスはまた一体、半牛半蛇を血祭りに上げた。フラウィウスたちもその脇を固め、近づく魔物を屠《ほふ》っていく。予想通りではあるが、『聖騎士』たちは

「ちっ、使えない奴《やつ》め！」

立《だ》たし気《げ》に口を開く。

「天使なミルちゃんには、指一本触れさせませんよ！」

上空から迫る半牛半蛇の蹄《ひづめ》を、肘を、口を斬り飛ばし、鞭のように振るわれる尾をその剣で容易《たやす》く割断していく。火災の明かりで照らされる夜空の森の中、天使を背にした『修道女』が残像を思わせる剣舞で魔物たちを斬る。エレーナに斬られた魔物の傷は焼き切れ、炭化したそれからは血が、沸騰したように泡立ちながら地面へと零《こぼ》れ落ちている。

地面から天使に近づく豊かなる角なし牛にも、エレーナが手にした光剣の猛威が振るわれた。氷の塊の如《ごと》きその皮膚を、彼女の剣は易々《やすやす》と焼き切る。斬り飛ばした魔物の頭部、その口から白い吐息ではなく、延焼して発生した黒煙が断末魔の叫びの代わりに立ち上っていた。その様子を見届けるでもなく、エレーナは足首、腿、胴体を切断し、魔物の肉片と臓物、そして茹《ゆ》だった鮮血を辺りに量産していく。

……あっちは、暫《しばら》く任せていても良さそうだな。

エレーナを援護するように切除を放ちつつ、俺は後退。ガイウスたち、そしてエウラリアの動向を窺《うかが》う。

アヌリヌスが振るう鞭《むち》で半牛半蛇を牽制《けんせい》し、その隙を突く様に、ガイウスの槍《スピア》が魔物の脇腹、喉笛、腹部へと放たれた。木々の間から血の雨が滴り落ちてくる中、ディオクレスとフラウィウスはそれぞれ手にした斧《おの》と大剣で、近づく豊かなる角なし牛の頭部を、上半身を、四肢を捻《ひね》り潰す様に叩《たた》き切っている。

だが、『魔道具』の真の力を使えないためか、徐々に『聖騎士』たちの動きが鈍くなってきた。

その直後、エウラリアが背にした大木の上から、音もなく半牛半蛇が駆け下りてくる。蛇の如き尾が幹の上を波打つように疾駆し、その口は獲物の血肉にありつかんと、嬉々《きき》として顎を大きく開いていた。それに『聖騎士』たちも気づくが、今度はそれに気を取られて、二体の豊かなる角なし牛がガイウスたちの脇を通り過ぎる。超重量の魔物の突進が、『聖女』を押しつぶさんと執行された。

上下からの脅威に、エウラリアは恐怖で目を見開くことしかできない。

そこに、ガイウスが雄叫《おたけ》びを上げながら、槍を投げ放った。彼の狙いは、エウラリアの頭上にいる半牛半蛇。鬼気迫るその一投は、寸分の狙いも違《たが》わずに、魔物の頭蓋ごと幹へと突き刺さった。大木が、その衝撃で激しく揺れる。半牛半蛇の頭部が真ん中から切断され、脳髄と脳漿《のうしょう》、鮮血が、揺れる拍子に辺りへと飛び散っていった。

しかし、エウラリアには魔物はもう二体、迫っている。

その魔物たちへ向かって、アヌリヌスが鞭を振るった。それらは一瞬で二頭の豊かなる角なし牛の足へと絡みつき、魔物は足を取られたようにその場で転倒。自ら生み出した破壊力がそのまま自分へ返ってくることとなり、豊かなる角なし牛の足はその衝撃に耐えることが出来ない。魔物の膝の部分から皮膚を、脂肪を、筋肉を突き破って骨が飛び出し、血が噴水のように吹き出した。

豊かなる角なし牛はたまらず、野太い悲鳴を上げる。その頭部へ、斧と大剣を掲げたディオクレスとフラウィウスが迫っていた。そして、振り上げたその力を、振り下ろして解放する。その二つの刃は骨に阻まれることもなく、豊かなる角なし牛の首を切断。苦悶《くもん》の表情を浮かべた魔物の首が、またこの森に二つ出来上がった。

「ご無事ですか？　エウラリア様！」

ガイウスが幹から槍を引き抜いた後、エウラリアの傍《そば》によってその手を取る。

「この場は、お任せください。何事も適材適所。そのために小職たちがお傍にいるのですから」

「そ、そうね」

その後また、『聖騎士』たちは『聖女』の護衛を続けるため、魔物の群れへと向き合っていく。それを見ながら、俺は内心舌打ちをしていた。

……後少しだったものを。

豊かなる角なし牛《アウズンブラ》に半牛半蛇という複数種類の魔物。更に同種の魔物でも群れ同士の争いが発生しているため、結果として唐突で先が読めない波状攻撃が生まれている。森という立地も魔物たちの生活圏のため、地の利が魔物たちに有利に働いているように思える。

この結果は、俺の期待していたものだった。

だがそれより、気になったことがある。

……何故エウラリアは『聖騎士』たちに隠れて、戦闘に参加しようとしない？

巨牡牛修羅《アリシユターースラ》との戦いでは、信仰魔法《ディバイン・マジック》を使っている様に見えたのだが、何か発動条件があるのだろうか？

だが、そうした疑問も俺は頭の中から押し出していく。今は、目の前の対応に集中すべきだ。

解剖刀を二本抜き放ち、投擲《とうてき》する。ミルとエレーナに迫っている魔物を、薙《な》ぎ払った。そしてすぐさま四本の解剖刀を抜き放ち、俺は即時切除を展開。それはエウラリアたちの傍にいた豊かなる角なし牛の眉間に食らいつき、豊かなる角なし牛をそのまま倒れて動かなくさせる。

そろそろ頃合いだと思い、俺は声を張り上げた。

「まずは、森から抜けるのを優先しよう。そうすれば、森の魔物もそこまで無理には追ってこない。沿岸部までもう少しのはずだ！」

「ディオクレス！　アヌリヌス！　脱出経路の確保をっ！」

俺の言葉に同調するように、ガイウスは指示を飛ばす。先程エウラリアを危険に晒《さら》した為《ため》、あれ程難癖を付けていた俺の言葉に、『聖騎士』は従順に従っていた。

走り出したディオクレスとアヌリヌスの背中を追い、俺たちも駆け出していく。

豊かなる角なし牛の、半牛半蛇《オフィオタウラス》の、魔物たちの咆哮《ほうこう》が、四方八方から聞こえてきた。猛る喚呼は、逆巻く叫喚は、繁《しぶ》吹く絶叫は、質量を伴って俺たちの体を揺らす。俺が森を燃やした為、彼らも自らの住処《すみか》を追われているのだ。もはや縄張り争いという群れとしてではなく、魔物単体が生き抜くために、奴らも必死になって俺たちを逃がさんと、必死に食い下がるように号砲の如き叫びを上げる。平衡感覚が失われると思える程の衝撃に眉を顰《ひそ》めながら、それでも俺の切除は、正確無比に魔物の命を散らしていった。

ディオクレスとアヌリヌスが先行し、豊かなる角なし牛の首を落とすが、いかんせん数が多すぎる。自らが殺した魔物の零す臓物と鮮血に足を取られて、ディオクレスの重心が崩れた。

そこに、半牛半蛇の尾が強《したた》かに打ち付けられる。

吹き飛ばされたディオクレスは立ち上がろうとするが、先程の一撃でどこか痛めたのか、意識が朦朧《もうろう》としているのか、動きが緩慢になり、中々動こうとしない。そこに、豊かなる角なし牛が走り込んでくる。

その蹄がディオクレスに届く前に、その魔物に向かって俺は切除を放った。断末魔の叫びを魔物が上げるが、今度は死んで脱力しきったその死体が、ディオクレスの頭部に倒れかかってくる。

そこにガイウスが体当たりをして、俺が殺した魔物が倒れる進行方向をずらした。ガイウスが動かなければ、大質量の魔物の死体で、ディオクレスの首の骨は折れていた事だろう。ガイウスが手を貸して、ディオクレスを立ち上がらせる。

「大丈夫か？」

「は、はい、ありがとうござい、ます。ガイウスさん」

「礼は後だ！　行くぞっ！」

ガイウスがディオクレスを救出して戻ってくる。そんなディオクレスに向かって、彼の代わりに前線を維持していたフラウィウスが笑いかけた。

「ははっ。今回ばかりは、もうお前も駄目だと思ったよ」

「馬鹿言うな！　この任務が終わった後、久々に彼女と一緒に過ごす予定なんだから！」

『聖騎士』たちは、笑い、話しながらも魔物たちを屠っていく。

「そういえば、そこで婚約を申し込むんだったたか？」

アヌリヌスに問われ、ディオクレスは真剣な表情をしながら頷《うなず》いた。

「でも、それはここを生き残ってからだ！　全員で、生き残るんだっ！」

「よくぞ言った、ディオクレス！」

ガイウスが叫びながら槍を振るい、その一振りで同時に豊かなる角なし牛と半牛半蛇の首を刎《は》ねる。

「さぁ、後少しで森を抜ける！　それまでもう一息だっ！」

応、と『聖騎士』たちが声を上げる。そこからの彼らは、これまでの疲れを感じさせない、凄《すさ》まじい連係を見せた。

護衛対象のエウラリアを中心に、ガイウス、ディオクレス、アヌリヌス、フラウィウスが、円を描くように交互に立ち位置を変えながら、四方からやって来る魔物たちを迎撃していく。回転しながら、まるでそういう振り付けの踊りを踊っているように、四人の得物が振るわれた。彼らの一挙手一投足ごとに、魔物の四肢が千切れ、胴体が切断され、首が捩《ね》じ曲《ま》がって口から臓物が溢《あふ》れて圧迫されて飛び出した眼球から血涙が零れ落ちていく。

そんな『聖騎士』たちの前に、ある光景が飛び込んできた。豊かなる角なし牛、そして半牛半蛇の親たちが、方角は違えど、自分の子供たちを連れて逃げ出そうとしていたのだ。魔物たちの子供の中にはまだ母親の乳を飲むような赤子の姿も見える。

当たり前の様に、豊かなる角なし牛と半牛半蛇の親は、子供を守るために俺たちへ一歩歩み出てきた。種族は違えど、自分の子供たちを守るために、共同戦線を張ったのだろう。

威嚇するその瞳には、二つの飢餓的な感情が入り混じる。

一つは、子を持つ親だけが秘める、我が子の未来の渇望。

もう一つは、その未来へ自らが辿《たど》り着きたいという渇求。

恐らく彼らは、こちらが何もしなければ、すぐにこの場を立ち去るだろう。彼らが求めているのは平穏で、争い合う事ではないからだ。

……でもその場所は、沿岸部沿いへ至る一番の近道なんだよ。

そう思うのと、移動しながら『聖騎士』たちの手にしていた『魔道具』が振るわれたのは、同時だった。ガイウスの槍、ディオクレスの斧、そしてフラウィウスの大剣が、子供を守るために前に出てきた豊かなる角なし牛と半牛半蛇の親たちを惨殺する。だが、魔物《モンスター》も自分が今やられてしまえば、子供たちの未来がないという想像がつくのだろう。満身創痍《まんしんそうい》になりながらも、魔物の親たちは何とか立ち上がり、俺たちの方へ睨《にら》みを利かせてきた。

だが、そんな魔物の意地を嘲笑《あざわら》うように、アヌリヌスが鞭が奴らの四肢の間を抜けて、魔物の子供の首へと絡みつく。

そして、一瞬だった。アヌリヌスが手元を動かした瞬間、子供たち、その全ての首が、圧《へ》し折られる。

骨が砕けた音を聞き、自らの赤子が絶命したのを理解し、魔物の両親たちは咆哮を上げようとして、出来ずに自分の子供たちの後を追うかのように、他の『聖騎士』たちが手にする得物で絶滅させせられていた。

それらの死体を、ガイウスたちは何の感慨もなさそうに踏みつぶし、『聖女』を無事に生かすため、森の中を踏破していく。本来争う必要のない魔物との戦闘だったが、『聖女』の安全を優先するため、『聖騎士』たちはその力を使わざるを得なかったのだ。そして生じた力と力のぶつかり合いは、争っていたもの同士の子供の将来の為に生まれた結束ですら考慮せず、ただただ力の強いものだけが勝ち残り、生き残るという無慈悲な結果にしかならなかった。

『聖騎士』たちの背に、俺たちも続く。背後では、炎でガイウスたちが屠《ほふ》った魔物の死体が炙《あぶ》られていく。死した親子たちが強制的に火葬され、有機物が延焼した時に発する特有の臭いを立てていた。

やがて森という繭の中は魔物の血潮で湿度が上がり、濃厚な鉄の臭いが当たり前に漂うようになっている。ガイウスたちの進んだ道の後、周りの木の幹には血が飛び散り、枝葉には魔物のぬめる臓器が垂れ下がって、粘度の高い臓物が焦げて異臭を放っていた。その下に生える雑草はそこから垂れた、粘つく鮮血で水没している。

「見ろ！　森を抜けるぞ！」

ガイウスの言う通りだった。もう、波の音が聞こえてくる。徐々に木々から差し込む月明かりの量も増えてきた。

エウラリアが生きたまま、この森を抜けてしまう。

だから俺は、こう言った。

「森を抜けたら、エウラリアを遠くへ！　俺たちは森から魔物が出てこないように迎撃を！」

「貴様に指示されんでも、もとよりそのつもりだっ！」

ガイウスから罵声を飛ばされながら、俺たちは森を抜ける。俺は『聖騎士』たちと共に森の近くへ待機し、その脇を抜けて後ろにミルとエレーナが控え、エウラリアは俺の指示通りに海岸側に走っていく。

そこに森を抜けようとする豊かなる角なし牛、半牛半蛇たちが現れるも、俺はガイウスらと共に魔物たちを屠っていく。切除《レセクション》を放ちながら、どうしても俺の口角は、吊《つ》り上がってしまう。

……勝ったっ！


俺の中に黒い愉悦が満たされるのと、背後でエウラリアの悲鳴が上がったのは、同時だった。


「エウラリア様っ！」

ガイウスが慌てて振り向くが、もう遅い。今頃海岸には、五本の角を生やし、上半身が雄牛、下半身が海を泳ぐための尾になっている五角を持つ雄牛《クイノタウルス》が、エウラリアを襲っている所だろう。

そう、このグアドリネス大陸に生息する牛系の魔物は、森に住まう豊かなる角なし牛と半牛半蛇だけじゃない。海辺に生息する、五角を持つ雄牛もいるのだ。

……陸地の、森の魔物に襲わせれば、護衛のガイウスたちはそちらの対応に集中するしかない。

実際、ガイウスたちは魔物の子供も、そしてそれを守る親ですら、僅かばかりの慈悲も見せずに、無造作に、無遠慮に、そして無作法に、僅かばかりもその表情を変えることなく屠っていた。森を抜ければ安全だと、俺が声をかけていたからだ。

　エウラリア本人も、森から逃げてきた先で、逃げ切ったと思った後、海で不意を突かれて魔物に襲われれば、反撃する間もなく攻撃を受けざるをえないだろう。運良く即死を逃れても、馬車は既に乗り捨てており、手元に回復薬《ポーション》も存在していない。近くの町で回復薬を入手しようにも、その頃には『聖女』は出血多量で死亡している。

　……そう、俺の仕掛けは全て、エウラリアをこの沿岸部に誘い込んで、魔物に殺させるためにあったんだ！

　これでエウラリアが死ねば、俺には『聖女』を守るために戦っていたという、誰にも否定できない現場不在証明《アリバイ》が存在することになる。なにせ、『聖女』を守るために一緒に戦っていた『聖騎士』たちが、一緒に森に住まう魔物と対峙《たいじ》しているガイウスたちが証人なのだ。俺が爆破を行ったという証拠も、既に煙を上げながら燃え盛る森の中で、燃え尽きている。これから起こるエウラリアの死について、俺を咎《とが》めるような事実は発見されないだろう。

　さぁ、もうすぐ待ち侘《わ》びた瞬間がやって来る。

　そう、エウラリアの、『聖女』の死が。

そして、全てが元通りとなる。死者と言葉を交わせるという『聖女』が来る前のドゥーヒガンズへ、戻るのだ。『幸運のお守り』事件の真相は相変わらず闇の中に葬られ、俺はこれからもドゥーヒガンズでミルと共に、いつもの生活を続けていく。

いや、ファルフィルへの借金も返済し終えているのだ。収入が安定したら、どこか別の大陸に移住することを考えてもいいだろう。エレーナのように、天使に対して肯定的な人がいるかもしれない。そういう人たちを探して、いや、いっそエレーナも含めて旅に出るのもいいのではないだろうか？

また一体、豊かなる角なし牛《アウズンブラ》を解剖刀《メス》で射殺しながら、これからやって来るであろう輝かしい未来について考えていると、ふと俺は違和感に気がついた。

……そういえば、エレーナはどこにいる？　背後にいるはずなのに、気配が——

そこまで考えて。

まさかと思いながら。

俺は背後を振り向いた。

瞬間。

俺の細胞一つ一つ、その全てに怖気《おぞけ》が走る。

振り向いた俺の瞳に映ったのは、五角を持つ雄牛たちに囲まれるエウラリアと。

そしてミルと手を繋《つな》いでいる、エレーナの姿だった。

逡巡《しゅんじゅん》。されど決断を下すまでの時間は、俺の心臓が一度脈打つ速度よりも短かった。

俺は喉が裂けんばかりに絶叫しながら、脊髄反射で解剖刀を投擲《とうてき》。今まで使用していなかった、空間ごと削り取る切除を放つ。海辺という開け放たれた空間であれば、使用しても問題ないと、俺は一瞬で判断したのだ。

……何故《なぜ》？　何故なんだ？　何故エレーナは、ミルはエウラリアの傍《そば》にいる？

沸き上がってくる疑問に、構っていられる余裕はない。早くしなければ、早く魔物を殺さなければ、早くミルの、あの天使の安全を確保しなければ、恐れていた事態が発生してしまう。

ミルが、あの天使の《翼》を広げてしまう。

ミルが、天使族《エンジエル》である事が、露見してしまう。

……それだけは、絶対に避けなければっ！

その思考すらもったいないとばかりに、俺は脳細胞が焼き切れるかと思う程の速度で稼働させ、ただただ体を動かして切除を乱れ撃つ。

解剖刀が砕け、金属の粒子が風に舞うよりも早く、五角を持つ雄牛の首が、胴が、角が抉《えぐ》れて、血飛沫《ちしぶき》を上げ、臓物を零《こぼ》しながら崩れ落ちていく。それに巻き込まれないよう、必死の形相となったエウラリアがミルの上に覆いかぶさった。そしてその上から、エレーナが覆いかぶさる。

俺は歯を食いしばり、持っている解剖刀全てを使い切る勢いで切除を放ち続けた。もし今ここでミルが五角を持つ雄牛に攻撃されてしまったら、もうエウラリア暗殺どころの話ではなくなってしまう。俺の現場不在証明がどうだとか、そういう類の話を超えている。ミルが天使族だとバレてしまえば、本当に終わってしまう。何もかも。夢想していた未来の絵空事どころの話ではないのだ。

……死ね、死ね、死んでくれ！　頼むから死んでくれ！　ミルのために、そして俺のために死んでくれっ！

切除を撃ち続け、海に五角を持つ雄牛の臓腑《ぞうふ》が漂い、砕けた角が砂浜に突き刺さり、海水が夜の暗闇よりも赤く染まったぐらいで、俺は肩で息をつきながら、ミルたちの方へと駆け出していった。

……大丈夫。まだ翼は出ていない。大丈夫な、はずだ！

「ミル！　大丈夫か？　ミルっ！」

「うへぇ、血でべとべとします」

「だ、大丈夫、だと、思います」

「くさい」

五角を持つ雄牛の血と臓器で汚れた三人を立ち上がらせ、俺はまだ海面で様子を窺《うかが》っている魔物たちから距離を取るように、砂浜を移動していく。無表情で歩くミルを横目に、俺は彼女が無傷である事を悟り、心の底から安堵《あんど》した。

視線を動かし、他の二人を一瞥《いちべつ》する。『修道女』はミルとエウラリアの上に被《かぶ》さったので、一番魔物の血と臓物に塗《まみ》れている。

そして俺が殺した五角を持つ雄牛の残骸から最初に天使を守った血塗れの『聖女』の死化粧にも見えるその表情から、俺は慇懃《いんぎん》な殉教者を連想した。

「エウラリア様っ！」

そこに、豊かなる角なし牛、半牛半蛇《オフイオタウラス》たちをある程度退けたガイウスたちが俺たちの方へやって来た。ガイウスとフラウィウスがエウラリアの手を引き、ディオクレスとアヌリヌスが海岸へ向かって得物を構える。

ガイウスたちに誘導されていたエウラリアが立ち止まり、俺の方へ視線を向けた。

「助けてくださって、ありがとうございます。チサト様」

「……いや、こっちも、連れがいたんでな」

そう言いながらも、俺は内心毒づいていた。もしあそこにミルが、天使と一緒にエレーナがあの場にさえいなければ、今頃エウラリアは五角を持つ雄牛たちの餌食になっていたはずなのだ。

ミルの秘密を守るため、結果として俺は、自分で仕込んだ必殺の策を捨てざるを得なかった。忸怩《じくじ》たる思いを抱えながら、俺は自分の中で生まれた疑念について思いを馳《は》せていく。

……でも、エウラリアが今信仰魔法《ディバイン・マジック》を使えないという仮説は、あってるみたいだな。

信仰魔法が使えれば、自ら傷つくのを厭《いと》わずにミルをかばう必要はない。ひょっとしたら俺は、エウラリアについて根本的に何か思い違いをしているのではないだろうか？

「チサト様はミル様の事になると、あんな顔もなさるんですね」

『聖女』に突然そう言われ、俺は何のことかわからず、首を傾《かし》げる。そんな俺の様子が可《お》笑《か》しかったのか、エウラリアが鈴を転がしたように笑った。

「お気づきになっていないんですのね。あんな必死な、鬼気迫る表情をされる方を、私《わたくし》は存じ上げませんもの。まるで神族《ディエティ》から、あの少女を守れと神託《オラクル》を受け、それを生まれてから今の今まで律義に守っている、熱心な教徒の様でしたわ。もしくは、そうした行動を求められる《魔法》が掛けられているみたいでした」

『神族じゃなくて、天使族に言われた様なもんだけどね』

「……あの子は、ミルは、俺にとってかけがえのない存在だからな」

そう答えると、エウラリアは満足げに笑う。その笑みを見ながら、俺は怖気と戦慄を感じていた。

……俺がミルを守りたいと思っているのは、天使族としての、あの子の力でそう考えさせられてるからだとでもいうのか？

ガイウスに手を引かれるエウラリアの背中を見ながら、そんな訳がないと、頭《かぶり》を振る。

『聖女』のエウラリアに『修道女』のエレーナ。そしてエレーナを通してかつて出会ったブラヴァツキー姉弟たちの事を思いだして、自分の行動原理やその根底に存在する自分の考え方を、宗教的に考え過ぎだ。

『でも、天使族は全ての種類の《魔法》、それこそ太古の昔に消え去った《魔法》も使えるんだよね？』

幻聴が告げたように、それは事実だ。だから、死んだ人と会話できるエウラリアの様な存在がいるのであれば、天使族ならきっと、《魔法》を使って自分自身を守るように相手の精神を操作する事なんて、朝飯前だろう。ミルが《魔法》を使い、俺にはミルの事が嘉《か》与《よ》にしか見えないように視覚操作する事も、赤子の手を捻《ひね》るより簡単に出来るはずだ。

その可能性に俺が気づいた事に満足したのか、先程まではっきり聞こえていた幻聴が、途端に聞こえなくなる。

今まで信じていたものが、ひっくり返るどころが粉微塵《こなみじん》に吹き飛ばされてしまった様な感覚に、俺は思わず歯軋《はぎし》りをした。

……よりにもよって、エウラリアの暗殺に失敗した直後に、この可能性に気づかせに来たのかよ、ニーネ。

これが俺がこのアブベラントで犯してきた過ち、背負ってきた罪の代償、咎だと言うのであれば、あまりにも効果的で、効き過ぎる一撃だ。

少しだけ、神殿や協会の奴《やつ》らの気持ちがわかった気がする。例えば神様みたいに、絶対的に信じられる存在がいるのであれば、そこを寄る辺として信じる道を歩んでいける。でもそれがなければ、別の拠《よ》り所《どころ》を元に生きていた人からすれば、それが崩れ去った時、今の俺の様に何をどうすればいいのか、わからなくなってしまう。

そこまで考えて、俺は自嘲気味に笑った。もしニーネが気づかせた可能性が事実だったとしても、今更俺はミルを手放す事なんて出来ないと、気づいたからだ。彼女が俺を操り、天使にとって都合のいい世界を俺に見せ続けていたとしても、その嫌悪感に苛《さいな》まれたとしても、彼女のために俺が犯し続けてきた過ちはなくならない。

特大の悩みの種がまた増えてしまったが、まずは一つずつ片付けていくしかない。だから俺は次に、別の問題、疑問を解決するために、口を開いた。

「……エレーナ。お前、何だってさっき、あんな所にいたんだ？」

その言葉の裏には、あの時エウラリアの暗殺が成功していたら、新たに悩みを増やす必要もなかったのにという、非常に個人的な恨みも乗せている。

「お前、エウラリアの事嫌いなんじゃないのか？　何故ミルをエウラリアの傍に近づけたんだ？」

そう言われ、『修道女』は心外だとばかりに、こちらに向かって手を振る。

「そ、そんな事言っても、仕方がないじゃないですか、チサトさん！　私は私の信仰に従っただけなんですからっ！」

「信仰？」

「天使様ですよ、天使様！　全部、天使のミルちゃんのためなんですよっ！」

……ミルの、ため？

エウラリアが、そしてミルたちが五角を持つ雄牛《クイノタウルス》たちに襲われた状況を、もう一度振り返って考えてみる。魔物《モンスター》たちから逃れて、俺たちは森から抜け出した。そして俺たちは森から魔物を出さないように、エウラリアを海岸沿いへ移動させた。この場合、安全な場所は、一体どこになる？

……俺がエウラリアを逃した、海岸方面か。

脱力して、俺は砂浜に座り込む。そして、今回の敗因について、思いを巡らせ始めた。

……一人で、暗殺に臨んだからか？　全てを信じられる人に打ち明けていたら、今とは違う結果になっていたのか？

そう思ってから、すぐに俺は顔を歪《ゆが》める。ついさっきミルに疑いを持ったくせに、そんな俺が、他の誰かを信じられるのだろうか？　傍にいると誓った天使すら疑った、この俺が。

顔を上げると、ディオクレスとアヌリヌスもこちらの方にやって来るところだった。五角を持つ雄牛の脅威も、一旦引いたと考えていいのだろう。

視線を下げると、いつの間にかミルが俺の傍に立っていた。いつもの、あの感情を宿していない碧色《へきしょく》の瞳で、こちらを見上げている。

「おなかすいた」

「……その前に、付いた血を流したいね。ミル」

たったそれだけの会話なのに、俺はどうしようもなく落ち着いている自分に気が付いた。

この気持ちが《魔法》によるまやかしなのか、それとも俺自身の感情なのか、わからない。

わからないが、まずは一つずつ片付けていくと方針は固めている。だから俺はまず、あの時の事を、五角を持つ雄牛たちが現れ、エウラリアたちを襲った時に感じた内容に思いを馳せながら、今後の行動について話し合うエウラリアたちの輪に加わっていった。

これから、どの様に帰路につくのかはわからない。だが俺たちは、必ずドゥーヒガンズへと帰還することになるだろう。エウラリアが、生きたまま。

そしてその後、待ち受けているのだ。

エウラリアと、ニーネの死体の邂逅《かいこう》が。

第四章

前方の、砂漠の地平線。そこから砂塵《さじん》が舞い上がり、僕らの方へ何か一団が迫っていることがわかる。十中八九、ラワュシァヴサバを追ってきた、ナラヤン率いるジムタピルサーカだろう。ラワュシァヴサバは今、サフィの指示で一際大きい肥沃な土地《オアシス》に全員、集結している。他の場所から姿を消した僕らの居場所を、ようやくナラヤンたちが突き止めたのだ。

そして彼女たちは、ついに僕らへ一騎打ちを挑みに来たと、そういうわけだ。

「ふんっ、ついに、お前も覚悟を決めたというわけか。サフィ・ブラヴァツキー」

駱駝《らくだ》に跨《また》がりながら、ナラヤンが獲物を前にした猛禽類《もうきんるい》の微笑《ほほえ》みを浮かべる。彼女は首の骨を鳴らしながら、僕たちの方を睥睨《へいげい》した。

「だが、理想を唱え続けたお前が戦いの道を歩むという決断をして、随分仲間から見限られたみたいだな？　お前の双子の弟、ブライの姿すらも見えないぞ」

ナラヤンの言葉に、ジムタピルサーカの面々から下卑た笑い声が聞こえてくる。彼女の言う通り、今肥沃な土地にいるラワュシァヴサバの人数は、本来の半分程しか集まっていない。ジムタピルサーカから見れば、非暴力を訴えていたサフィの方針転換が、ラワュシァヴサバという組織を割った原因だと見えるのだろう。

ナラヤンは獰猛《どうもう》に笑うと、僕らを指差す。

「まぁ、いい。長きにわたり続いていたジムタピルサーカとラワュシァヴサバの因縁も、今日で終わらせる！　さぁ、死にゆく準備は出来たか？　互いに良き困難であるよう、存分に戦おうっ！」

「申し訳ありませんが、私たちはあなたたちと戦う気はありません」

「……何？」

サフィの言葉に、ナラヤンは訝《いぶか》しげに眉を立てる。だが、それも一瞬。気にせず蹂躙《じゅうりん》すればいいと考え直したのか、彼女はラワュシァヴサバを襲うよう、仲間たちに指示を出した。彼女から見れば手を出せないのはサフィだけで、他はどうにでもなるという考えなのだろう。そのナラヤンからの号令を待っていたとでも言わんばかりに、ジムタピルサーカの面々は、嬉々《きき》として駱駝に鞭《むち》を打ち、こちらの方へ爆速で迫ってくる。駱駝の蹄《ひづめ》が砂漠の砂を蹴り上げ、砂煙で視界が悪い。

だが、そこまではこちらの想定の範囲内。僕らは向かってくるナラヤンたちに対して、サフィを中心に手を繋《つな》いでいく。そして、彼らを囲むよう、扇を広げたように、半円状に広がっていった。

こちらに迫るジムタピルサーカたちは一瞬困惑した様子を見せるも、すぐにナラヤンの声が上がる。

「怯《ひる》むな！　向こうは小官たちと戦うのではなく、一方的に蹴散らされ、美しく散っていくのを選んだのだ！　ならば望み通り、散らせてやろうじゃないかっ！」

その言葉の大きさに釣られるように、ジムタピルサーカたちの駆る駱駝は速度を上げる。そしてそのまま、手をつなぐ僕らの方へと突っ込んでいった。

直撃する。ナラヤンたちは、そう思ったはずだ。駱駝の蹄に蹴り上げられ、踏み潰され、頭蓋を割られて、その中から飛び出した脳髄を砂漠へ染み込ませるはめになると、そう想像したに違いない。


だが、そうはならなかった。


それはまるで、以前邪悪を退ける神託《アイギス・プラエズイディ・シビュラ》が発現した時の再現だ。

僕たちにぶつかった駱駝は、サフィの力によって跳ね飛ばされ、ぶつかった駱駝とその運転手が地面に強《したた》かに打ち付けられて、二転、三転と転がり、砂だらけになる。その様子を見たナラヤンは、焦ったように号令を飛ばした。

「止まれ！　邪悪を退ける神託だっ！」

その言葉にジムタピルサーカの面々は慌てて手綱を手繰るが、急に速度を落とすことは難しい。後ろからぶつかり、そしてぶつけられ、押しつぶされて、駱駝の足下から悲鳴が上がる。

ナラヤンが今言った通り、邪悪を退ける神託が展開されていた。でもそれは、サフィに対してだけではない。サフィと手を握り、繋がっているラワュシァヴサバの面々、その全てに発動されている状態なのだ。

だからこその疑問を、ナラヤンは僕らにぶつけてくる。

「馬鹿なっ！　何故《なぜ》サフィ以外にも邪悪を退ける神託が展開されているんだ！」

そう言いながら、ナラヤンは何かに気づいたような顔をして、瞬《まばた》きした瞬間、その表情を苦渋に染める。

「そうか。邪悪を退ける神託が無力化される範囲に、間接的な攻撃も含まれているから……」

そう言ったナラヤンに、僕は心の中で称賛の声を上げる。

……そう、邪悪を退ける神託は、会話する両者の信仰の差によって歩み寄りが為《な》されない場合、サフィに対しての攻撃が全て無効化される、彼女の絶対的な技能《スキル》だ。

そしてその無効化範囲は、サフィへ直接攻撃するものだけでなく、間接的な攻撃も含まれる。

では、今僕たちの状況はどうなっているだろう？　手をつなぎ、半円状になっている今、その半円のどこかを攻撃したら、腕が引っ張られて、サフィを害する可能性はないだろうか？

その結果が、今僕らの前に展開されている。邪悪を退ける神託はサフィの信仰を守るため、間接的に手を握るラワュシァヴサバの面々を守っているのだ。今までサフィが争い自体を避けていたから、彼女が得た本当の信託の力を、ナラヤンたちだけでなく、双子のブライを含めて皆、今の今まで知らなかったのだ。

目の前で起こっている事象の正体にいち早く気づいたナラヤンは舌打ちをして、ジムタピルサーカの仲間たちに新しく指示を出す。

「これじゃ、前の戦いと同じだ。睨《にら》み合っているだけじゃ、勝ちも負けもありはしない。一度下がるぞ、お前ら！」

「逃がさねぇよっ！」

その声は、ナラヤンたちの後方から聞こえてきた。砂漠の中へ身を潜め、ジムタピルサーカの背後を取った、残り半分のラワュシァヴサバの人々を率いる、不在と言われていたブライの姿だった。彼らはナラヤンたちが動きを止めて、方向転換しようとしているのを見計らって、僕らがやったように手を握り、半円を作っている。そしてサフィが中心となって出来た半円と、ブライが中心となって出来た半円がくっつき、大きな円を形成。

その結果、ラワュシァヴサバ全体に邪悪を退ける神託がかかる円の中に、ナラヤンたちジムタピルサーカを閉じ込めることに成功したのだ。それを見て、満足そうにサフィが笑う。

「戦わないとは言いましたが、私は今日で因縁を終わらせる事まで否定していませんよ、ナラヤンさん」

「お前らっ！」

　ナラヤンが憎々しげに叫び、ジムタピルサーカの人々が抵抗しようと、《魔法》や技能を放ち、手にした得物で切りかかってくる。だが邪悪を退ける神託が発動している限り、彼らは僕らに傷一つ負わせることは出来なかった。やがてその無意味な抵抗も終わり、ジムタピルサーカ側の動きがなくなったのを見計らって、サフィが口を開いた。

「ナラヤンさん、降伏してくださいませんか？」

「……何だと？」

「このままでは、じり貧です。降伏して、今後私たちと共存して暮らしませんか？」

　その言葉に、ナラヤンが歯ぎしりをする。

「小官たちの身動きを封じておいて、よく言う。それに、今更小官らが共に暮らせるものか！　貴様らは今は善人面しているが、祖父母の代では殺し合いもしていたんだ！　その恨みを、お前らは簡単に流せるのか？　それ以前に、祖父母の代まで遡らなくとも、小官らは貴様らを傷つけた。サフィ・ブラヴァツキー！　確かに、お前は小官たちと共存出来るかもしれん。だが、お前が今その手を繋いでいる相手は、どうだ？　その隣の貴様は？　綺麗事《きれいごと》を並べていても、自分自身を、親しい人を傷つけた小官らを同じ目に遭わせてやりたい、殺したいと思っている奴《やつ》らもいるはずだっ！」

ナラヤンの言葉に、輪を作るジムタピルサーカの中で、僕の位置からでも顔を伏せる人たちが何名か見える。彼女が言った通り、こちらを傷つけた相手と手を取り合うなんて、到底受け入れられないと考えている人たちもいるだろう。そう思う人たちの心は、そう簡単に変えられない。だが――

「それについては、もう話をしました」

「……何だと？」

「ですから、もう話し終えたと言っているのです。既に、私が」

そう、サフィはブライと共にラワュシァヴサバを離れてジムタピルサーカと争おうとしていた人たち、その全てと話し合いを終えていた。彼らの持つ、沸き上がる復讐心《ふくしゆうしん》。溢《あふ》れんばかりの憎悪。その全てを彼女はその身に受けて、粘り強く話を続け、根気強く通い詰めて、それら全てと真正面から向き合った。

そしてその結果、ジムタピルサーカがサフィの考え方、非暴力による解決に賛同するのであれば、彼らの合流を認めると、そういう結論を導き出したのだ。

「なん、だ、その、そんな、御伽噺《おとぎばなし》みたいな、絵空事の様な結末は……」

愕然《がくぜん》となったナラヤンは、思わずといった様子でそんな言葉を零《こぼ》す。それは、僕も同じ気持ちだった。

でも、サフィには、それが出来るのだ。

僕とブライが当たり前のように暴力による解決を選んだ中、仲間を傷つけさせず、それでいてラワュシァヴサバの未来を救える方法を考え出した、そんな御伽噺の様な、夢のような解決方法を導き出したサフィの言葉に、最後の最後、彼女の双子の弟ですら決別を選びそうな状況の中、それでも甘ちゃんと言われ続けた、そんな彼女の優しい理想に、涙目になりながらも、決して心折れず顔を上げ続けたサフィの言葉に引っ張られ、今の今まで歩んできたラワュシァヴサバの人々は、どうしようもない程の説得力を感じるのだ。

ナラヤンは愕然とし、悄然《しょうぜん》となり、悵然《ちょうぜん》とした様子で、少し時間が欲しい、とつぶやいて、ジムタピルサーカの面々と話し合いを開始。そして暫《しばら》くしてから、彼女たちの結論が出た。

「今までやって来た事が、やって来た事だ。すぐに暴力を振るえなくなるとは、約束できない。だが、これからは小官たちのやり方で、お前たちの考えに歩み寄ると、そう約束しよう」

「……わかりました。今は、それで構いません」

「サフィ！　それじゃあ完全に争いを止めることは──」

「でも、ブライ。これは私たちにとって、大きな一歩よ？　それに、ナラヤンさんたちの言っていることもわかる。人は、そんなにすぐに変われない。ナラヤンさんたちに歩み寄りを求めるのであれば、私たちも彼女たちに歩み寄るべきではないかしら？　皆は、どう思う？」

そこからは、ラワュシァヴサバ側で議論がなされた。だが、皆で輪を作っているこの状態は、話し合いには絶望的なまでに向いていない。意見がまとまらず、不穏な空気が流れ始めた所で、僕は口を開いた。

「じゃあ、誓ってもらうのはどうかな？」

「誓う？」

「そうだよ、サフィ。ジムタピルサーカが非暴力による問題の解決方法に歩み寄りを続ける事を、彼らの信仰に誓ってもらうんだよ」

ラワュシァヴサバもジムタピルサーカも、元はニーターナサ教の信仰の解釈が違うことで分離した組織だ。彼らの考え方、そして生きるための譲れない信念の様なものは、彼らの信仰の在り方に集約される。だから、彼らは自分の信仰を裏切れない。

そこで僕は、その裏切れないものの中に、サフィへの歩み寄りを止めない事を追加する方法を考えたのだ。

「それは、いい考えね！」

「……小官たちも、それで異存はない」

サフィとナラヤンたちは僕の案に賛同し、ブライが代弁していたジムタピルサーカに恨みを持っている人々も渋々納得してくれた。後日ラワュシァヴサバとジムタピルサーカの統合の方針などについて議論することとなり、ひとまず彼らの争いは一段落となる。ナラヤンたちは駱駝《らくだ》に乗って帰路につき、サフィとブライたちは仲間たちと共にこれ以上争わなくていいという事実に安堵《あんど》し、その喜びを分かち合っていた。

一方僕は、一人肥沃な土地《オアシス》を歩き、旅立つための身支度を始める。そこまで大きな荷物ではないが、一人旅をするためある程度の食料や道具は持ってきていた。革袋に荷物を詰めていると、背後から名前を呼ばれる。

「チサト！」

「もう行くのか？」

「僕が雇われた問題は、解決したみたいだからね」

サフィとブライに向かって、僕はそう言った。そして、苦笑いをする。

「仲裁という依頼だったけど、実際僕は何の役にも立たなかったね。全て丸く収まる解決策を出したのは、サフィだったし」

「そんな事ないわ！」

そう言ってサフィが、僕の手を握る。

「貴方《あなた》がさっき、信仰へ誓う方法を思いついてくれなかったら、きっとあそこで私たちは一つになることなく、どちらかが滅ぶまで争う事になっていたはずだもの」

「そうだな。その場合、ジムタピルサーカに恨みを持ってる奴らが手を離して輪を切り、ナラヤンたちに反撃され、ラワュシァヴサバは壊滅的な打撃を受けていたはずだ。その悲劇を避けることが出来たのは、チサト。間違いなくお前のおかげだ。本当に、ここにいてくれて助かった。心の底から礼を言わせてくれ。本当に、本当に、ありがとう！」

ブライからも手を握られ、僕は少し、涙で視界が滲《にじ》む。

「こちらこそ、礼を言わせて欲しい。こんな素晴らしい瞬間に立ち会わせてくれて、ありがとう！」

嘉与《かよ》を殺し、フリッツを殺した僕が、こんな風に誰かを救える日が来るだなんて、全く、欠片《かけら》程も想像も出来なかった。

「本当に、ありがとう。もう一度、僕に信じさせてくれて。たとえ信じる道が違っていたとしても、志が同じなら、どれだけ長く争っていても、共に人は歩いていけるはずだって、思い出させてくれて。そして事実、ナラヤンたちと君たちが一緒に寄り添い合い、歩んでいこうとする、その奇跡の様な一歩目に立ち会わせてくれて、本当に、本当にありがとうっ！」

こんな日に、こんな幸せな瞬間に立ち会えるだなんて、今日という日は僕にとって、本当に御伽噺の様な、夢のような、どんな絵空事よりも素晴らしい時間だった。

ブラヴァツキー姉弟にはもう少し留《とど》まっていればいいと引き止められたが、僕はこれを固辞。失意の中ロットバルト王国を、そしてイオメラ大陸を逃げ出してウフェデオン大陸のカムルカフール共和国へと流れ着いたが、サフィたちとの出会いで、まだ暗殺者《アサシン》の僕であっても誰かを救えるという自信と、まだ僕にも出来るはずだという想《おも》いが、体の中からどうしようもなく溢れてくるのだ。

『お前はいずれ、この世界を殺し尽くす』

師匠の、あの呪いのような言葉を思い出す。でも、僕はやり遂げた。ラワュシァヴサバとジムタピルサーカの悲劇を、回避してみせた。

……師匠の思うような道を、僕は歩まないよ。

いつでも戻ってきていいからと、チサトはもう自分たちの仲間なんだとサフィたちに言ってもらい、彼らに背中を押されて、僕は自分の想いを改めて強くし、旅立った。

サフィたちと見た様な優しい未来を求めて、僕はウフェデオン大陸の北へと歩みを進めていく。その更に北、ショーンド大陸に向かうには汽車に乗る必要があるということで、僕は今ショーンド大陸行きの列車に乗っていた。

……師匠の下で、アブベラントは東北の方角に進めば進む程文明が発達していると聞いていたけど、本当なんだな。

まだ僕は、アブベラントの半分の大陸すら訪れていない。新しい場所では、どんな出会いがあるのだろうか？

……今までは暗い出来事が多かったけど、今度はもっと、楽しい出来事が多いといいな。

そう思っていると汽笛が鳴り、列車が動き始める。窓の外に見える木々、池や川を眺めながら、ついにウフェデオン大陸最後の駅に到着した。途中、魔物《モンスター》に襲われて列車が十日間程止まるという問題も発生したが、今は問題なく汽車は動いている。時刻が来れば、汽車は問題なく走り始めるだろう。

　すると、僕の前に新しい乗客が席に座った。今自分がいるのは向かい合わせの四人席で、ここには僕と、僕の向かいに座る、今乗ってきた彼しかいない。その乗客は上等な牛革の鞄《かばん》を隣の席に置くと、その鞄から新聞を取り出して広げる。窓から見える駅の風景に飽き始めていた僕は、何気なく彼の開いた新聞へ目を向け、視線で文字をなぞった。

　そこで僕は、彼の新聞をひったくる。

「あ、おい、君！　何をするんだねっ！」
　自分が非常識な行動に出ているのは、理解している。理解しているが、その抗議の声すら耳に届いていない。今の僕は、新聞の文字を読むのに必死になっていた。
……『カムルカフール共和国の組織犯罪集団《マフィア》、ラワュシァヴサバとジムタピルサーカの抗争激化』って、何で？　どうして！
　嘘《うそ》だろ？　と思いながらも、その見出しの続きを僕は読み進めていく。

《カムルカフール共和国の組織犯罪集団の一つ、ラワュシァヴサバの中心的人物であるサフィ・ブラヴァツキー氏とブライ・ブラヴァツキー氏が死亡したと、冒険者組合《ギルド》は発表した。犯人は以前からラワュシァヴサバと敵対関係にあったジムタピルサーカを率いていた、ナラヤン・ラマチャンドラ氏。

ラワュシァヴサバとジムタピルサーカは敵対関係にあったが、数日前に組織の統合という形で話が決着。今後の対応について話し合いがなされている最中に、今回の事件は発生した。

ナラヤン氏は取り調べに対し、信仰に誓った通り、サフィ氏らの思想に歩み寄るため、彼らを摂取する必要があったと供述。自分が彼らの思想に近づくためには、その中心人物であるサフィ氏とブライ氏の考え方を知るため、彼らの脳を食べる必要があり、ラワュシァヴサバとジムタピルサーカの統合には必要不可欠な行為であったと、無罪を主張していた。

だが捕らえられたナラヤン氏を、ラワュシァヴサバの構成員が襲撃。ナラヤン氏も死亡し、ジムタピルサーカもラワュシァヴサバに対して報復を実施。それに応酬を重ねる形で、二つの組織犯罪集団の抗争は以前にも増して激化。両組織だけで既に多数の死者が出ているだけでなく、他の国民にも被害が出ており、抗争はこれからより泥沼化していくと考えられている。この事態を重く受け止めた冒険者組合は、数日以内にラワュシァヴサバとジムタピルサーカの撲滅を行うと声明を発表。両組織の完全殲滅《せんめつ》も含めて行動を開始した》

「おい、いい加減に返してくれないかねっ！」

元の持ち主に新聞を奪われるも、僕は力なく、すみません、と言うのが精一杯だった。

茫然自失《ぼうぜんじしつ》となり、元々座っていた席に崩れ落ちるようにして、腰掛けることしか出来ない。

そして僕は頭を抱えながら、自分の迂闊《うかつ》さを呪った。

……僕はサフィが邪悪を退ける神託《アイギス・プラエズイディ・シビュラ》を使えるから、彼女たちがナラヤンたちと一緒に話を進められると、そう思っていた。

サフィの邪悪を退ける神託は、会話する両者の信仰の差によって歩み寄りが為《な》されない場合、サフィに対しての攻撃が全て無効化されるという、出鱈目《でたらめ》な力だ。サフィの非暴力による解決を受け入れない存在からの攻撃は、全て無効となる、絶対的な防御を誇る。

実際その力を使い、サフィたちはナラヤンたちと組織を一つにする約束を取り付ける事に成功していた。でも、その後を、その後起こりえるであろう展開を、僕は読み切れていなかったのだ。

……邪悪を退ける神託は、逆に言えば会話する両者の信仰の差によって歩み寄りが為されている状態ならば、発動しないいんだ！

サフィは僕の提案で、ナラヤンたちに、非暴力による問題の解決方法に歩み寄りを続ける事を彼らの信仰に誓わせている。そしてナラヤンは、『小官たちのやり方で、お前たちの考えに歩み寄る』と言っていた。

この時点でナラヤンは、サフィの非暴力による解決を受け入れている。つまり、邪悪を退ける神託の発動条件から外れていたのだ。そのため、ナラヤンがサフィの考えに歩み寄るために必要だと本気で考えている行動は、サフィの神託《オラクル》からは全て許容されることになる。

ナラヤンたちの、歩み寄るための行動。彼らは困難を乗り越え、その恩恵を受けるという信仰を持っている。その方法は、不浄な存在を取り込むことでより困難な状況を欲していて、さらに乗り越えた困難とすら同一化する事で、より多くの恩恵を得るというものだ。

……今回の場合、ナラヤンが取り込むべきだと考える、不浄な存在というのは、なんだ？

その疑問の答えを、僕は先程新聞で読んでいる。

それはつまり、サフィとブライの脳だ。

ナラヤンは、本当に真面目に、大真面目に自分の信仰に則《のっと》って、サフィたちの考えに歩み寄ろうとしていた。

その結果、サフィとブライの脳を食べる《不浄な存在を取り込む》という、そういう結果になったということなのだ。

そのナラヤンの行動原理に思い至った瞬間、自分の体から、全ての力が抜け落ちていく感覚に僕は襲われる。貧血、眩暈《めまい》、立《た》ち眩《くら》み、そして息切れの様な症状が併発している様に感じるが、突然何かの病に罹《かか》ったわけがない。

僕は、絶望しているのだ。御伽噺《おとぎばなし》の様な、夢の様な、絵空事の様な話なんて、存在していなかったのだ。だから僕は失意に暮れて、失望したのだ。

ナラヤンだって、彼女の信仰だって、サフィたちと同じく、ニーターナサ教の信仰があったはずだ。それなのに――

あまりにもこれは滑稽で、異次元過ぎる考え方で、壮絶過ぎる結末だ。常人では考えられない思想で思考の終焉《しゅうえん》だ。しかし僕の前世でも、神への境地へ達する方法の一つとして、時に死者の肉を口にする教徒も存在していた。だから、あり得なくはないのだ。そう、あり得なくはない。

……でも、だからってこんな結末！　こんな、でも、こんな事っててっ！

何故《なぜ》？　という疑問が、僕の脳髄を侵し、その単語が耳から溢《あふ》れてきそうだと錯覚する。

これは、僕が原因なのだろうか？　ナラヤンたちの信仰に、サフィたちへの歩み寄りを誓わせた、僕のせいなのだろうか？

そう思うものの、サフィたちが言っていた通り、あの案が出なければ、今起こっている悲劇の発生が早まっただけだ。その場合、サフィの邪悪を退ける神託は使えるだろうが、ラワュシァヴサバは分離。サフィの求める優しい世界は、二度とこのアブベラントで手に入らなくなる。ラワュシァヴサバは窮地に追い込まれ、今以上に悲惨な結果になっていただろう。

つまりあの時点で、僕が、ブライが、そしてサフィがどう足掻《あが》こうが、この地獄の様な未来しか待っていなかったのだ。

……なんなんだよ、これ。なんなんだよ、これはっ！

各々が、自分の信じるもののために戦っていた。そしてその結果、互いに歩み寄り、一つになろうとしていた。実際に手を取り合ったんだ。それなのに、その結果ですら死というすれ違いしか生まれないとでもいうのだろうか？

　自らの信仰に則って動いたナラヤンは、自分の行動に全く悪意はなかったのだろう。むしろ、相互理解を行う行動だと、善に属する考えだと信じて、行動していたはずだ。

　悪意ではなく、むしろ善意だと心の底から思える行動をし、結果誰かを殺してしまうというのであれば、救いたいと思う自分の気持ちに、一体何の意味があるというのだろう？

　……こんな結末が、こんな結果しか、なかったのか？　僕が嘉与を殺すのも、フリッツを殺すのも、サフィたちの身に起きた悲劇も、全てそうなるよう定められていた、暗殺者である僕の、運命だとでもいうのだろうか？

　師匠のあの呪いの言葉が、あの笑みが、熟れた毒林檎《どくりんご》が弾《はじ》けたかのような表情が、僕の脳裏にちらつく。

　暗殺者であっても誰かを救えると、そう思った後に、僕の関わった人は死んでしまう。自分と関わった、その全ての人を殺してしまうのだとするのなら、僕は本当に、この先誰と共に生きていけるのだろうか？　それこそ僕は、このアブベラントという異世界に転生した、死神そのものなんじゃないんだろうか？

　……それとも、関わるだけでその人の命を奪ってしまう僕は、誰かに頼ることなく、これから死ぬまで、永遠に孤独と後悔を抱えて、一人で苦しみ抜くべきなのだろうか？

　気づけば既に列車は動き出しており、山の中に入ったようだ。日光の届かない隧道《ずいどう》の中、黒しか映さない窓硝子《まどガラス》に、僕の顔が映る。

その顔は酷《ひど》く蒼白《あおじろ》く、死神の様にも見えた。

■■■■■■■■■■■■■■■■■■■■■■■■

鳥の囀《さえず》りが聞こえる中、俺は店から荷台を引いていた。荷台に載っているのは、ミルと大きめな革袋。車輪が小石を噛《か》んで、荷台が僅かに揺れる。早朝の日差しが眩《まぶ》しくて、俺は少し目を細めた。

「おなかすいた」

「帰ったら、朝食にしようか。ミル」

ドゥーヒガンズの入口まで荷台を進めると、そこには既に俺の到着を馬車が待っていた。周りには護衛のためか、五名ほどの『冒険者』の姿が見える。その『冒険者』たちに指示を出していた男性がこちらに気づき、声をかけてきた。

「やあ、チサトさん。今回は随分早い時間帯なんだね」

「ええ。昨晩、急ぎ送って欲しいと手紙を受け取ったもので。こちらこそ、いつもすみません。もう少し寝ていたかったでしょう？」

「とんでもない！　こちとら、商売の積荷を運ぶ最中に小遣い稼ぎさせてもらってるんだ。『商業者』たるもの、一ユマヤだって利益が出せるのなら、それを選ぶよ」

そう言ってイオメラ大陸を拠点に商売をしている彼は、自分の胸を叩《たた》く。それを見て、俺も僅かに口角を緩めた。

「そう言ってもらえると、助かります。グアドリネス大陸じゃ捌《さば》けない『魔道具』なんかは別大陸の『商業者組合』の掲示板で売ったりするんですが、俺の場合それ単品の受け渡しに大陸を越えるのは、旅費だけで赤字なんで」

「そうやって一人で『魔道具』を開拓者街道《パイオニアレーン》の『地下迷宮《ダンジョン》』で見つけられるのは、チサトさん含めて数えるぐらいしかいませんよ。で、今回の積荷はこいつですかい？」

「ええ、そうです。こちらが受け渡しの住所になります」

俺は『商業者』へ、荷台に載せていた運搬物の送り先を書いた紙を渡す。彼はそれを受け取った後、俺が荷台に積んできた革袋を抱えた。

「お、っと？　なんだか、安定しませんね。今回は、どんなものを運ぶんです？」

「そういう詮索をしないのも含めて、こちらはいつもお願いしてるんですがね」

そう言って俺は、懐から金が入った革袋を取り出し、彼に握らせる。そして耳元でつぶやいた。

「早朝、しかも急ぎのお願いですから、少し色をつけておきましたよ」

「……へへっ。わかってますよ、チサトさん」

『復讐屋《ふくしゅう》』だなんて仕事をしていると、頼れる筋というのも限られてくる。そういう意味でこの『商業者』は金だけで繋《つな》がれる、俺にとっても非常に便利で、使い勝手のいい相手だった。

荷物の運搬が終わり、馬車が動き出す。グアドリネス大陸を出るため開拓者街道へ向かう『商業者』とその護衛の『冒険者』たちを見送りながら、俺は僅かに嘆息した。

……打てる手は、全て打った。後はもう、成り行きに任せるしかない。

「きょう、だね」

そう言って俺の手を握るミルへ、小さく頷《うなず》く。

そう。今日は、エウラリアから先日受けた依頼の、残りの報酬を受け取る日。

……つまり、エウラリアにニーネの死体を引き合わせる日だ。

ミルと手を繋いだまま、荷台を引きずって家に帰る。朝食は塩漬けした白身魚を片手鍋《フライパン》で焼いて、野菜を敷き、蛋黄醤沙司《マヨネーズソース》をたっぷりとかけたものだった。俺はそれだけでも十分だったがミルは物足りなかったらしく、残っていた鹿の干し肉を焼き、唐辛子を多めに入れた番茄醤沙司《トマトソース》を添えたものも食べていた。

「辛くないの？　それ」

「おいしい」

「そっか」

「チサトは？」

「ん？」

「ごはん、おいしい？」

「うん、とっても美味《おい》しいよ」

「……そっか。よかった」

そう言ってミルは小さく頷くと、黙々と肉叉《フォーク》を動かす作業を再開した。それを見て、俺は微《かす》かに笑う。

こうした時間だけが、ずっと続けばいいと、本気でそう思った。こうした優しい時間だけで人生が埋め尽くされるのであれば、どれほど良かっただろう。たとえこの時間が偽りの時間だったとしても、誰かが傷つき、悲しむ世界よりは、ずっとマシなはずだ。

しかし、現実はそうではなく、いくら時間を惜しみ、刻むように食事をしていても、時計の針は相変わらずこちらの事情を無視して、事務的に一秒、また一秒と時を進めていく。

そしてついに、この時間がやって来た。

「いくの?」

「僕の共同墓地なんだから、行かないわけにはいかないさ」

「そう」

食器を洗い終えたミルはつぶやくと、当たり前のように俺の隣に並んだ。そして、いつもの無表情でこちらを見上げてくる。

だが、天使は何も言わない。

「どうしたの? ミル」

「だいじょーぶ」

「……何がだい? ミル」

「チサトにはワタシがいる。なにがあっても、ワタシはチサトをまもるから」

その言葉で、俺は愕然《がくぜん》となる。ロットバルト王国でのマリーとの戦闘時、俺の精神状態を鑑みて光の翼を発動させたミルが、俺が今、どんな心中で彼女と会話しているのか、気づかないはずがないのだ。

「……それはそれで恐ろしい事実に気づいてしまった気もするけど、ミルの方が僕の事を守ってくれるの？」

「そーごほかんかんけー」

その言葉に。

僕は、思いだした。

俺と、天使。

近寄る魔物《モンスター》を瞬時に彼女の翼で屠《ほふ》ったあの地下迷宮で、僕らは出会ったのだ。

そしてあの場で、僕らは交わしたのだ。確かに僕ら二人、あの場で交わした誓いがあった。

「……そうか。うん、そうだ。そうだったね、ミル。僕たちは、元々そういう関係だった」

そう言うとミルは小さく頷いて、いつもと変わらず、当たり前の様にこちらの手を握ってくる。今はこの天使が、俺の傍《そば》にいてくれることが救いだった。

家を出て、ミルと手を繋ぎながら、共同墓地へと向かっていく。エウラリアが言うには、死体を墓地から掘り起こすような真似《まね》をしなくてもよく、会話をしたい魂が宿っていた遺体の場所がわかればいいと言われていた。ある程度範囲が絞れれば、後は彼女の方でどうにかするらしい。どういう原理なのかはわからないが、『聖女』がそれでいいというのであれば、それでいいのだろう。

だとしたら、ジェラドルとニーネの死体を掘り起こす掘り起こさないで揉《も》めていたのは、全く無駄だったみたいだ。だが、エウラリアの力がどういうものか詳細がわからなかったので、あの時は互いにああするしかなかった。

でも、そんな不毛なやり取りも、もうする必要がない。エウラリアを共同墓地の前まで連れていけば、それで済む。

そしてきっと、それだけで全てが終わるのだろう。懐に潜めた解剖刀《メス》と回復薬《ポーション》たちが、いつもより冷たく感じられた。

やがて共同墓地の入口が見えてくる。そこには既にジェラドル、そして彼が案内したであろうエウラリア。その『聖女』を守るため同行している、ガイウスら四人の『聖騎士』。

そして――

「なんで落ち合う場所も時間も教えてないのに、お前はここにいるんだ？　エレーナ」

「何言ってるんですか、チサトさん！　天使様のお導きに決まってるじゃないですか！

そうですよね？　天使のミルちゃん？」

「しらない」

「……ふ、ふーんだ！　そんなにミルちゃんが私に冷たく出来るのも、今のうちですからねっ！」

涙目になっているエレーナを無視して、俺はエウラリアたちの前に立つ。ミルの指先に僅かに力がこもり、俺も指先でそれに応えた。

そんな俺たちを見て、エウラリアが、さも嬉《うれ》しそうに笑う。

「本当に、チサト様とミル様は仲がよろしいのですね」

「そーごほかんかんけー」

「あら？　それはどういう――」

「こちらの話だ。それで？　そちらの準備は？」

「問題ないからここにいるのがわからんのか？」

ガイウスに睨《にら》まれ、俺は肩をすくめる。どうやら、こんな辛気臭い所には、一秒たりとも長居をしたくないようだ。だったら来なければいいのにとも思うが、彼の職務的にそうも言えないのだろう。

俺は顎をしゃくって、口を開く。

「それは重畳だな。付いてこい。案内する」

共同墓地は、身寄りのない死体を埋める所だ。家族のいない『冒険者』や、一人孤独に朽ち果てた老人が、死後申し訳程度に聖水《ホーリーウォーター》を撒《ま》かれて埋められている。教会に頼めばもう少しマシな埋葬を行ってくれるのだが、身寄りのない死体のために金を出す酔狂な奴《やつ》はおらず、それがさらに教会、そして協会の衰退を招いていた。

なんとなく今は死者が所属していた冒険者組合《ギルド》や商業者組合といった所が埋葬を取り仕切り、組員を共同墓地へ埋めるという流れが一般化している。もちろん、無料ではない。聖水代など、少額ながら費用が発生するからだ。組合に所属している奴らは、もしもの時のために積立金を、組合から徴収されている。

一方、そういった組合にも所属せず、かつ死者を弔う機会が多い俺の場合、この費用が馬鹿にならない。『復讐屋』として仕事をすればする程、埋葬費用が発生するのだ。であれば、自分の共同墓地を所有した方が費用削減になる。

そういう事情もあり、今俺たちは、俺が解体《バラ》した死体が雑多に埋められている、俺が所有している共同墓地の前へとやって来ていた。落ちていた棒を広い、地面にその場所を示すよう、線を引いていく。

「大まかに、ここら辺が俺の所有する共同墓地になっている。正確な大きさは、悪いがわからない。俺も大体この辺りだ、と言われて売られた側だからな」

「杜撰《ずさん》な奴めっ！」

ガイウスが吠《ほ》えるが、俺は別に気にしない。言っていることは事実だと思うが、こいつにどう思われても痛くも痒《かゆ》くもないからだ。

問題は、そう。

『聖女』、エウラリア・バルメリダ、その人だ。

「大丈夫ですよ、ガイウス。この範囲内であれば、問題ありません」

エウラリアはそう言った後、ジェラドルを一瞥《いちべつ》する。

「それでは、始めても問題ないでしょうか？」

「……はい。お願いします」

神妙な表情になった盗賊顔が、生唾を飲み込む。ガイウスら『聖騎士』たちがエウラリアから離れるように俺たちに告げ、共同墓地の前にエウラリア、『聖騎士』たち、そしてそれ以外の面々がそれを眺める形となる。

エウラリアは指を組み、目を伏せた。すると共同墓地の、黒い土の中から、なにやら薄い靄《もや》の様なものが立ち上ってくる。それは青や赤といった、虹を構成している様な色に数秒間隔で変化し、その濃度をどんどんと濃くしていく。そしてそれらは宙で互いに纏《まと》わりつく様にして球体となり、無数の光る玉へと変貌を遂げた。日光に当たり、墓地の上空で球体が七色に煌《きら》めく。エウラリアが、《魔法》を発動させたのだ。この力で、『聖女』は死者の魂と会話を行っているのだろう。

つまり、あの球体が死者の魂、あるいはそれと交信に必要なものなのだ。そして光の玉の数は、俺が共同墓地へ埋葬した死者たちの数ということだろう。いちいち埋めた死体の数なんて数えていなかったが、改めてこうして可視化されると、かなりの数を俺は埋めてきたことになるらしい。

死者が眠る墓地に、その魂の数に等しい七色の球体が飛び回っていた。その数は数えるのも馬鹿らしくなるぐらい膨大な数で、つまりそれだけ俺が仕事をしてきたという事なのだろう。共同墓地を俺が買い取る前の魂も存在しているのだろうが、俺の仕事の特性を考えれば、その数はきっと誤差の範囲だ。

墓地に現れる光と言えば、俺はどうしても鬼火を想像してしまう。しかし今は日中帯であるということもあり、その光景は不思議と幻想的で、目を奪われるものだった。まるでそう、意思を持ったしゃぼん玉が、空を飛び回り、遊んでいる様にも見える。人は魂となった後も、久々に地上に出られるというのは、嬉しいものなのだろうか?

その光景を見ながら、俺は自分の予測が正しかった事を確信した。

……そうか。やはりエウラリアの《魔法》の才能は――

「……え?」

俺の思考は、エウラリアのそのつぶやきによって断ち切られた。困惑する『聖女』の意思が宙を漂う球体に伝播《でんぱ》したのか、光の玉の存在も薄らいでいく。

エウラリアは、なんと言ったらいいのかわからない、という表情を浮かべ、ジェラドルの方へ振り向いた。

「すみません、ジェラドル様。確認させてください。今回お話を依頼された方というのは――」

そこで、エウラリアの言葉も途切れる。いや、何か言葉を発したのかもしれないが、少なくとも俺たちの耳には届かない。

何故《なぜ》なら共同墓地で、爆発が起こったからだ。

鼓膜が破けそうな程の暴力的な轟音《ごうおん》が、俺の体に叩《たた》きつけられる。視界の端で、エレーナが吹き飛んだのが見えた。だがそれ以上は、巻き上げられた腐敗した植物を含む黒土が飛沫《しぶき》の様に飛び散って視界を塞ぎ、追えなくなる。エウラリアの周りには『聖騎士』たちが展開し、俺の方も既にミルを抱えて跳躍。爆心地と思われる場所から距離を取る。

「誰だ！　こんな町中でこの様な狼藉《ろうぜき》、ただで許されるとでも思っているのかっ！」

ガイウスが叫ぶが、その声も新たな爆音で掻《か》き消される。エウラリアが生み出した球体はもう姿を消しており、ジェラドルは石でもぶつかって脳震盪《のうしんとう》を起こしているのか、額を押さえながら地面に膝を突いて、苦しそうに呻《うめ》いていた。その呻き声が全く聞こえない程、さらに連続して爆破が起こる。組合が適当に埋葬していた死体の骨が、腐りかけの臓腑《ぞうふ》が飛び散り、湿った骨が折れる音に、腐肉が押しつぶされる不協和音が聞こえてくる。

死んだ者をさらに冒瀆《ぼうとく》し続けるような状況の中、俺はミルを抱えて解剖刀を抜き放つ。俺が墓地の宙を駆けると、一拍置いて俺の駆け抜けた場所で巨大な破裂音と共に地面が爆《は》ぜた。

「何だ、これはっ！」

「巨牡牛修羅《アリシユタースラ》討伐後に森の中で起きた状況と、そっくりだ！」

だがそういう意味で言うと、この場にいる誰より、俺が一番混乱していた。

『聖騎士』たちの言葉に、思わず俺は賛同しそうになってしまう。彼らの言う通り、これは俺がエウラリアを暗殺する際に行った仕掛け、そのものだ。

「詮索は後だ！　先に犯人を捜せっ！」

「だとすると、下手人は前回と同一人物？」


……俺はこんな仕掛け、仕込んでないぞっ！


いくつかの可能性と疑念が、俺の中で渦巻いていく。ひとまず共同墓地から一時離れようとするも、それを遮るように爆破が起こった。まるで俺を、そしてミルを逃がさないように、爆薬が仕掛けられている様だ。ならばと思い、俺はエウラリアの方へ近づいていく。するとと、爆破もその後を付いてきた。

それに気づいたガイウスが、俺を見て唾を飛ばしながら喚《わめ》き散らす。

「貴様！　こっちに来るんじゃない！　エウラリア様を危険に晒《さら》す気かっ！」

「固いこと言うなよ。一晩皆で過ごした仲じゃないか」

そう言いつつ、俺は『聖騎士』たちの脇を通り過ぎる。爆破の威力で墓石が粉砕。散弾銃のようにこちらに向かってくるが、それらは思惑通りガイウスたちが防いでくれた。彼らの怒りの目、そして困惑した『聖女』と視線が合う。その拍子に、俺は逡巡《しゅんじゅん》した。

……これを好機として、エウラリアを暗殺するか？

エウラリアとガイウスたちを同時に殺せば、この謎の襲撃者へ罪を被《かぶ》せられるのではないだろうか？　いや、俺が魔物《モンスター》を使ってエウラリアを殺したように、襲撃者に有利になるように状況を動かすだけでも十分ではないか？

ここには、負傷したジェラドルという証人がいる。こいつを気絶させ、その間に全て終わらせておけば、ミルが天使族《エンジェル》であるという秘密を守り通せるのではないだろうか？

そう思っている間にも爆破は続き、辺りは土煙と黒煙の濃煙で、先程よりも視界が悪くなっていく。どうやら襲撃者は、爆薬に何か混ぜていたらしい。

舌打ちをしながら、俺はミルを抱き寄せる。むやみに切除《レセクション》を放ち、不用意に誰かを殺してしまえば、この場を乗り切ったとしてもドゥーヒガンズでの俺の立場が危ぶまれる。

……殺す事はこんなに簡単なのに、本当に守るのは、ミルと一緒に生きていくのは、難しすぎる。

煙を吸わないように口元を押さえながら、俺はミルを抱えつつ、解剖刀を抜き、逆手に構えた。爆音による轟音と騒音の連続で、耳があまり働かない。鼻は煙の臭いで満たされ、視界も暗闇の帳《とばり》が降りたような有様だ。

だから俺がその襲撃に反応出たのは、襲撃者から溢《あふ》れ出ていた殺気を感知出来たからだろう。解剖刀で相手の振るう短剣《ナイフ》を受け、返す刀で切除を放つ。だが、空間を削り取る方法は取れない。その先にジェラドルが倒れているなど、他の人を巻き込んでしまうかもしれないからだ。特にジェラドルが死んでしまうとこの場の証言者がいなくなり、生き残ったとしても俺が『聖女』襲撃の容疑者だという話にされかねない。

……自分の力の大きさが、こんなところでも足を引っ張るだなんて！

心中そう悪態を吐《つ》くが、結果として、どうやら襲撃者は俺の投擲《とうてき》した解剖刀《メス》を避《よ》けることに成功したらしい。殺したという感触が、俺の手に返ってこない。

と、思う間もなく、今度は背後からの一撃が俺を狙う。横薙《よこな》ぎに放たれたその強襲を、俺は前転しながら回避。反撃のための一撃を放つ、前に、俺はなんとか自制することが出来た。

「ガイウス！　俺だ！　チサトだっ！」

「……何？　じゃあ先程の短剣は貴様がっ！」

槍《スピア》を構えて睨む『聖騎士』に、俺は思わず声を張り上げる。

「そんな訳あるか！　エウラリアは無事なんだろうな？」

「当たり前だ！　むしろこの場ではあの方は、ぬぅ！」

ガイウスの鎧《よろい》が、金切り声の叫びを上げる。襲撃者の攻撃を、その鎧で受け流したらしい。そしてガイウスは襲撃者を追うべく、黒煙の中へと消えていく。

俺が舌打ちをした所で、足元に何かが当たる。靴の下の感触から血であることがわかり、墓場から吹き出した腐乱死体でもあるのかと、視線を一瞬下へと向ける。

そこには背中を深々と斬り裂かれた、ジェラドルがうつ伏せで倒れていた。

叫びながら、俺は盗賊顔の容態を確認。するまでもない。瀕死《ひんし》の重傷だ。その事実を確認し、俺の脳細胞はかつてない速度で思考を巡らせる。

……こいつを殺せば、死んだニーネとの会話という依頼もなくなる可能性がある。

だが一方で、死んだジェラドルの遺志を、こいつを慕う新人『冒険者』が継ごうと言い出すかもしれない。さらに別の可能性として、ジェラドルを生かせば、この場でエウラリアたちを殺しても、襲撃者に罪を被せるという選択肢が生まれる。

いずれにせよ、この盗賊顔を救うために必要な回復薬《ポーション》は、俺の懐に入っていた。

刹那よりも短く、それでいて永遠とも思える程の逡巡。そんな俺の瞳に、ミルの碧色《へきしょく》の瞳がぶつかった。

「まだ、いきてる」

天使のその一言に、俺は歯を強く嚙《か》み締めて、自分の意思を決める。

俺は懐から回復薬を取り出し、乱暴にジェラドルの傷口へと投げつけた。その反動で瓶が割れ、白煙を上げながらジェラドルの傷を修復していく。前世であれば到底俺では、俺以外の医者であっても治しきれない、生かしきれない程の傷が癒えていくのを見届けることなく、今度は解剖刀を抜き、切除を放った。

その方向は、上空。

空間を黒煙ごと削り取り、砕けた解剖刀の粒子が墓地に季節外れの粉雪のように降ってくる。俺の技能《スキル》で上空が晴れたように太陽の光が墓場へと降り注ぎ、四散した金属の微細な破片が輝いて、煌めき、墓地に眠る死者の下へと舞い降りた。上空に開いた巨大な穴の中を、煙が雲のごとく漂っているのを眺めるでもなく、俺は呻くジェラドルを強引に立ち上がらせた。

「聞こえるな？　ジェラドル！　真《ま》っ直《す》ぐ、あっち、そうだ！　あっちに向かって走れ！　それが冒険者組合《ギルド》への最短経路だ！　組合まで行って、すぐに応援を呼んできてくれ！　わかったなっ！」

ジェラドルが薄目を開けて、俺の指差す方向を見る。太陽の位置が見えたため、俺はどこに進めばいいのか、その方角がわかったのだ。

俺の言葉を理解したのか、ジェラドルが息も絶え絶えといった様子で頷《うなず》く。

「わ、わかった……」

「だったら走れっ！」

そう言うが、ジェラドルの足元は覚束《おぼつか》ない。それを見届けることなく、俺は背後に向かって、空間を抉《えぐ》るために切除を放つ。方角を把握できたので、民家がない方角もわかった。そして何より、ジェラドルにわざわざ俺の現場不在証明をさせる必要がなくなった。

ならば、すぐにでもこの煙を払うべきだ。

そして前方、俺の視界が晴れていく。そんな中、新たに地面へ突っ伏す人の姿があった。

フラウィウスの、死体だった。

フラウィウスの体は鎧ごと袈裟懸《けさが》けに斬られており、その傷口からは血が出ていない。焼き切れているのだ。延焼し、傷口が炭化しているので、血の代わりに有機物を燃やした時に発生する特有の臭いと、煙が上がっている。顔からは鼻水と涎《よだれ》が沸騰し、泡立ちながら白煙が出ていた。

……どういう事だ？

襲撃者は、短剣を使って俺たちを襲ってきた。そしてその短剣は、ガイウスが着る鎧に阻まれている。こんな『聖騎士』の装備ごと生身を切断出来る手段があるなら、何故先に使わない？

疑念を持ちながら、俺は足元に視線を走らせる。フラウィウスの『魔道具』は、炎を纏《まと》うあの大剣は、どこにあるのだろう？

……足場もまだ、視界が悪いな。

そんな内心毒づいている俺に、声をかけてくる存在がいた。

「チサト様！　ご無事だったんですねっ！」

エウラリアが、俺の方へ駆け寄ってくる。しかし、その足が止まった。彼女の目には、フラウィウスの死体が映っている。

「……嘘《うそ》。フラウィウス？　どうして、そんな──」

「いいよ、そういう演技は」

俺が彼女の言葉を遮ると、エウラリアの表情が、凍る。陶器の口を無理やり動かすみたいに、『聖女』は言葉を紡いだ。

「どういう、ことでしょうか？　チサト様。こんな危険な状況で、そんな冗談を──」

「あんたの目には、動揺の色がない。知ってたんだろ？　フラウィウスが、もう死んでいるのを」

そう言うと。

エウラリアは、仕方がなさそうに。

困ったように、笑った。

「そうですか。気づいていたのですね、チサト様」

「……確信出来たのは、あんたが俺の共同墓地で《魔法》を使ったときだけどな。他の『聖騎士』は？」

「死にましたよ。たった今」

その言葉より先に、俺は解剖刀を放つ。刃が砕かれながら技能が発動。切除は俺の込めた死の意味通り、空間を食い破りながら突き進む。俺の生んだ死は大気中の空気を削り、その延長線上にいるエウラリアまで迫る。

そして、『聖女』の脇を通過した。

足元の煙も削り取られ、暗闇から光の世界が共同墓地に戻ってくる。

その途中、俺の切除が弾《はじ》かれた。

俺が空気を削ったため、強風が生まれる。それに押されて、黒煙は渦を巻くように散っていく。そしてその場所には、一つの人影が立っていた。


「もうっ！　どうしてチサトさん、邪魔するんですかっ！」


光の剣を握ったエレーナが、眉を立てて俺の方を、いや、俺に抱かれているミルを見ている。『修道女』の足元には、フラウィウスと同様に、焼き斬り殺されたガイウス、ディオクレス、そしてアヌリヌスの姿があった。

エレーナはいつものように、お腹《なか》が減ったから飯を奢《おご》れと言うような口調で、俺を責める。

「私とチサトさんの目的は、一緒じゃないんですか？　そんなに天使のミルちゃんを守ってるんですから！」

「馬鹿言え！　俺がミルを守っているのは、ミルの安全のためだっ！」

……そして、俺とミルが生きるためだ。

俺の言葉を聞いたエレーナは、まるで初恋に破れた少女のような表情を浮かべ、本気で悲しそうに目を伏せる。ここが墓地ではなく、彼女の足元に『聖騎士』たちの死体が転がっていなければ、悲劇の舞台女優として通用しそうな程だった。

「そんな……。チサトさんは絶対、私の仲間だと思ったのに。ご飯をくれたから、神聖な行為を助け合ったからチサトさんは私の信仰を、その在り方を、この空腹を、理解してくれると思ったのに。互いに助け合うべき仲間だと、本当に思っていたのに」

その言葉を聞いて、俺はエレーナの事を、完全に理解した。

こいつとは、永遠に理解し合えないと。

あのサフィとブライの脳を喰《く》らった、ナラヤンと同種の存在であると、理解した。

「理解、出来るかよ、そんなもん！」

断食、絶食療法は、宗教上の行事である断食に、治療面からの効果を見出《みいだ》した治療法だ。もちろん全ての疾患に効果があるわけではないが、肥満の治療だけでなく、精神病、心身症、更年期障害や過呼吸症候群など、幅広い疾患の治療法として取り入れられている。

そのため食べるという行為は医学的にも、宗教的にも重要な行為だ。先程の絶食療法が食べるという行為を止《や》めるものなら、逆に食べた存在から力を取り込んだり、死者の魂を受け継ぐというような、そういった儀式的な意味合いを含む。

つまりエレーナは――

「天使崇拝者が、崇拝対象の天使を喰らって力を得ようとしてるだなんて、どうやって理解できるんだよっ！」

「え？　普通じゃありませんか？」

俺の慟哭《どうこく》も、この狂信者の心を僅かばかりも揺らすことは出来ない。いや、誰の言葉でも、それこそ天使族《エンジエル》のミルの言葉ですらエレーナには届かないだろう。

なにせエレーナは、彼女の中で信仰が生まれ、それに殉じて生きると決めた時から今の今まで、断食状態を続けているのだ。天使族を喰いたいという欲求を、ずっと抑え続けてきたのだ。

人の三大欲求の一つである食欲と理解不可能な信仰が結びつき、飢える狂信者と成り果てた『修道女』。

それがエレーナの、本当の姿だ。

「一つ、伺ってもいいでしょうか？」

俺たちの話を聞いていたエウラリアが、エレーナに向かって問いかける。その瞬間、『修道女』は露骨に顔をしかめた。

「うへぇ、臭い！　ミルちゃんを食べる前にその異臭を消そうと思ったのに、何なんですかあなたは！　ミルちゃんにそのくっさい臭いが移ったら、どうしてくれるんですかっ！」

「私《わたくし》は、神殿の『聖女』です。では、貴女《あなた》は何故《なぜ》、ミル様が天使族だとわかったのでしょうか？」

そうだ。俺もそれは気になっていた。

……エレーナが出会った時の様に、ミルの事を天使の『様』な、更には天使『な』ミル、ではなく、天使『の』ミルと言い始めたのは、俺がエウラリア暗殺に失敗した後からだ。

つまりあの時、エレーナはミルが天使族だと気づいたことになる。確かにあの時、俺は暗殺に失敗した。だが、少なくともミルが天使族であると確信出来るような失敗を、俺は犯していないはずだ。ならば一体どうやって、エレーナは俺たちと過ごす時間を経て、ミルが天使族であると見抜いたのだろうか？

だから納得できる答えを知りたい、と思う俺の気持ちとは裏腹に、エレーナは足し算が出来ない人を理解できない数学者の様な顔で、こう口にする。

「そんなの、天使様の思召《おぼしめし》だからですよ。天使様に導かれ、私は天使のミルちゃんと出会ったんですから」

「……全く。出鱈目《でたらめ》な信仰魔法《ディバイン・マジック》を使いすぎでしょう。これだから協会の狂信者は」

そう言って、エウラリアは心底嫌そうな顔をして毒づいた。今まで接していた『聖女』としてはあり得ない、嫌悪感を隠そうともしていない表情、そして口調だ。だが、それ以上に聞き捨てならない事を、今エウラリアは言っていた。

「待て。まさかエレーナは、天使族に導かれていると思い込んでいて、その狂信が信仰魔法として現れている、という事か？　そんな、馬鹿な！」

「そんな馬鹿な事が起こっているから、出鱈目だって言ってるんですよ。本気で天使族から思召があると思っているから、信仰魔法で彼女の身体能力は強化。『聖騎士』の鎧《よろい》すら断ち切れる光の剣を作ってしまう。本気で天使族からの導きがあると思っているから、適当に歩いていても信仰魔法で旅路の終着点を本当の天使族がいる場所に出来てしまう。思い返してみれば、貴方《あなた》もこの女が尋常な存在ではないって、思い当たる節があるんじゃないですか？」

そう言われ、俺の口は醜く歪《ゆが》む。思い返せば、エレーナは出会った時から異常だった。エレーナとの最初の邂逅《かいこう》。俺はこいつを無視して、その場を後にしようとした。だがその直後、目を離した一瞬でエレーナは俺に縋《すが》りついてきた。そして俺が差し出した抱合《サンドイッチ》に対しての、あの動き。エレーナが普通の『修道女』だとするのなら、暗殺者《アサシン》の俺へ一瞬で縋り付き、この手から抱合を奪えるものだろうか？

ブリードの事件の調査。あれだけ手際よく情報を集められたのにエレーナが常に空腹な状況に陥っていたのは、通常の食事ではなく、天使族を喰えない事に対する欲求が満たされなかったからではないだろうか？　だからエレーナは、食事について頑《かたく》なに、我慢できないと繰り返していたのではないか？

ドゥーヒガンズで、度々空腹のエレーナと出会った。チュウに事件の報告をした際も、蜂系の魔物《モンスター》を討伐した後も、そしてエウラリアたちと共同墓地に今いるのも、全く情報を伝えていないのに俺の、ミルの前に現れたのは、異常な自らの信仰による信仰魔法の力なのだとしたら？

巨牡牛修羅討伐後《アリシユタースラ》に、俺がエウラリアを暗殺しようと魔物の坩堝《るつぼ》を作り上げた。あの時森で馬車から落下したが、エレーナは多少痛がっただけだった。それはエレーナが、信仰魔法で身体能力を強化していたからではないか？

エウラリアの暗殺失敗。五角を持つ雄牛《クィノタウルス》たちに襲わせるため『聖女』を海岸沿いへ移動させていたが、エレーナはミルと一緒にエウラリアの隣に立っていた。ミルの手を引いたエレーナは、彼女を危機的な状況へわざと追い込む事で、ミルの反応から彼女が天使族であると確信を持ちたかったのでは？　つまり、わざとミルを危険に晒《さら》したのではないだろうか？　天使のミルのためという言葉は、自分に天使族であるミルが食された方が彼女にとって本当に幸せだとエレーナが妄信していただけなのではないか？

異常だ。

あまりにも、異常。

だが、一番異常なのは、俺だ。

振り返ればこれだけあるエレーナの違和感を、今の今まで無視していた、俺だった。

ミルの傍《そば》に、エレーナなら並び立ってくれるんじゃないか？　という期待で、その違和感を見ないふりをしていた、俺が一番異常だったのだ。

……そもそも最初から、ミルはエレーナに対して冷たい態度を取っていたのに。

言葉だけでなく、エレーナから距離を取るため、俺の背後に回ったことすらあった。

『修道女』がしきりに話しかけても、無視する場面もあった。

……ファルフィルにどれだけ抱き着かれても、五角を持つ雄牛の臓物から守るためにエウラリアに覆いかぶさられた後でも、ミルはエレーナ程彼女たちを拒絶しなかったのに。

それだけで、ミルが、俺が守ろうと誓った少女が、如何《いか》にエレーナという存在を避けているのか、推して知るべきだったのだ。

それなのに俺は、天使崇拝者というだけで、エレーナに気を許してしまった。彼女を警戒すべきだと考えていたのに、自分の迂闊《うかつ》さと甘さ加減に反吐《へど》が出そうになる。

自らの無能さを呪っていると、エレーナが憤慨したように口を開いた。

「ちょっと！　さっきから聞いていたら、何なんですかそれ！　思ってるんじゃなくて、本当にあるんですよ！　天使様のお導きはっ！」

「……わかった。わかったから、もう口を閉じろ。これ以上、お前のその病的で狂信的な妄想は聞きたくない」

信仰する教徒ではなく、俺にはエレーナが精神的な疾患を患っている様にすら見えてきた。必要以上に誰かを付け狙う行為と聞くと、多くの人は付きまとい《ストーカー》という単語を思い浮かべるのではないだろうか？

この付きまといは、リスク評価手法を用いると、その対象、対象との関係性、動機、精神病理性の有無などから分類できると言われている。

……その中でもエレーナは精神疾患、特に反社会的人格障害の傾向が強いみたいだな。

別名、サイコパスと呼ばれるこの付きまといは、被愛妄想を持つのではなく、自分の感情や欲望を一方的に相手へ押し付けるものだ。エレーナは食欲を満たしたいという欲望を、天使族、つまりミルへ押し付けようとしている。

俺の言葉を聞いたエレーナは、逆にこちらを嘲笑した。

「妄想？　何が妄想だって言うんです？　チサトさん。あらゆる《魔法》を使う天使と、本当に仲良しこよしで生活し続けられると思ってるんですか？」

その問は、俺が殺した獣人《セリアンスロープ》に突き付けられたものと、全く同じものだった。

エレーナは片手で光剣を振り回しながら、さも面白い喜劇を見た時の様に、笑う。

「チサトさんも、薄々気づいてるんじゃないんですか？　天使と一緒にこの世界で生きていくなんて、無理で、無謀で、無価値ですよ。だって、チサトさんが今見ている全てが、感じている全てが、全部、ぜーんぶ、その天使にとって都合のいいものかもしれないんですから。操られているだけかもしれないんですから。それなのにそれを見て見ぬふりなんかして、そんな家族ごっこなんかして、私に言わせれば、チサトさんの方が狂ってますよ」

その言葉に、俺は苦々しさを感じながらも、小さく頷《うなず》いた。

エレーナの言葉は、正しい。俺一人、人族《ヒューマン》一匹、天使族の少女が、意のままに操れないわけがない。その結果やっている事がごっこ遊びだとするのであれば、確かに俺は、狂っているのだろう。そんな状態でミルを信じている俺は、確かに狂信者と言えるだろう。

そんな俺の反応を見て、エレーナは嬉《うれ》しそうに笑う。

「ほら、だったらそんな、目で見えるもの、触れるものも不確かなものなんかじゃなくて、一緒に食べちゃいましょうよ、ミルちゃん！　口に入れ、肉を食《は》み、咀嚼《そしゃく》し、血を嚥下《えんげ》するあの感覚、あの瞬間は、人だけでなく、魔物や動物、虫ですら持ち合わせている食事という行為は、味を変える事は出来るかもしれませんが、その行為自体を天使がなくすことは出来ないんですから！　だって、ミルちゃんも食事、するじゃないですか？　そう、天使と同じ行為をするんです！　これはもはや、愛と言っても過言じゃありませんっ！」

とても素晴らしい考えを披露するように、満面の笑みを浮かべたエレーナが、俺を彼女の狂気へ引きずり込もうと、両手を翼の様に広げる。そしてそのまま、悍《おぞ》ましい『修道女』の考えを垂れ流す。

「そう、愛！　これは、愛なんですよ、チサトさん！　愛なんです！　ミルちゃんを食べれば、今チサトさんを悩ませている存在もいなくなりますよ？　その上食べたら、ミルちゃんとチサトさんは一つになれるんですよ？　もうチサトさんは周りを気にすることもなく、死ぬまでずっと、ミルちゃんと暮らしていけるんですよ？　これを愛と言わずとして、一体何と言うんですか？」

禍々《まがまが》しく、発せられた単語の意味合いを理解するのを拒絶したくなるようなエレーナの考えを聞きながら、かつて恋人を殺し、奪った金で借金を返済し、綺麗《きれい》になった後、あの世で殺して結ばれようとした一人の娼婦《しょうふ》の事を思いだしていた。

あの事件で俺は、個々人の愛し方、その表現方法を理解出来ないとしたが、目の前のエレーナの言葉を聞いていると、その時の判断が間違っていなかったと、心から信じられる。

……こんな奴《やつ》の考え方、その一端ですら理解したくない。

こちらを自らの狂気の渦に引き入れようとする狂信者へ、俺は行動を以《もっ》て回答する。

つまり、無言で解剖刀《メス》をエレーナに向かって放ったのだ。

必殺の意味合いを込めた刃は、しかし狂える『修道女』が振るう光の剣によって、相殺。

散った火花をつまらなそうに見ながら、エレーナは溜息《ためいき》を吐《つ》いた。

「やれやれ。チサトさんは、ご自身の妄想の中に沈むのがお望みみたいですね」

「……たかが気が狂《ふ》れたぐらいで、俺とミルの関係を勝手に定義するな。食欲如《ごと》きで狂ったお前に、俺たちの関係の、その一端すら理解できるはずがないんだよ」

そうだ。たかが狂信者如きが、俺とミルの関係を推し量れるわけがない。

……天使に、操られているかもしれない？　なんなんだ？　その真っ当な悩みは。

そもそも俺は、転生者《レインカーネーター》だ。アブベラントという異世界に、若返った姿で転生している時点で、俺は埒外《らちがい》の存在になっている。前世の記憶を引き継ぐ、医者というこの世界に存在しない職業《ジョブ》でありながら、暗殺者としての才能を見出《みいだ》された、異端中の異端。それが、俺なのだ。

……そうだ。だから俺は、ミルと出会う前から、そんな普通に分類されていい存在なんかじゃない。そんな、触れたら発狂してしまう様な狂気に触れたぐらいで、今更悩む様な存在なんかじゃ、俺はないいんだよ。

ミルが改めて、俺は改めて、互いを握る手に力を僅かに込める。共に居る事すら疑われるこの天使の隣には、この世界を殺し尽くすと言われた暗殺者である俺しか、きっと並び立てない。

……だからあの時、あの地下迷宮《ダンジョン》で、俺たちは誓いあえたんだ。

どちらか片方が寄りかかるのではない。崇拝する対象として、一方的に信奉する様な関係なんかじゃない。

天使と暗殺者は互いに並び立ち、補い合うという誓いを。

相互補完関係という契約を、俺たちだからこそ結べたんだ。

……いや、俺たち以外では、あり得なかったんだ。

そんな、当たり前の前提に、今の今まで、それこそ、今日ミルに言及されるまで、俺は気づいていなかった。地下迷宮で初めて出会ったミルを、俺が嘉与《かよ》の面影を追っていたからで、俺が一方的にこの天使の傍に居たいと、守りたいと思っていたから、勘違いをしていたんだ。

俺が彼女を守ろうとするように、ミルも僕の事をずっと守ってくれていた。

ルソビツの攻撃が、イマジニットの《死靈呪法《ネクロマンス・カース》》が僕の体を傷つけようとした時、そしてマリーに僕が精神を蝕《むしば》まれた時、彼女はいつだって僕を守るために行動してくれていた。

……その行動が、過激すぎるのだけどうにかしてもらいたいんだけど。

だからニーネが思い至らせ、先程エレーナに指摘されたミルへの懸念を、彼女と出会った時点で俺は既に克服済みだったのだ。

誰に何を言われようとも、その事実は変わらない。ミルと共に歩みたいと思うこの気持ちは、この意志は、救いたい《殺したい》というこの想《おも》いは、神如きにすら侵害しえないものなのだ。

……むしろ、神に操られているのなら、その神とやらに感謝したいぐらいだよ。

「もし操れるというのなら、操ればいい。それが誰かの思惑だというのであれば、どれだけでも躍らせてくれ。その結果、俺がミルの傍に居られるのなら、俺はそれで構わない。やる事は、今まで通りだ。俺はこれまで通り数多《あまた》の屍《しかばね》を築き、そして超えていく」

……嘉与ではない、この一人の天使と共に歩んでいくと、俺はもう決めているのだから。

俺の決断を、全てを救うことをただの諦めだと笑うのであれば、好きなだけ笑えばいい。

俺は別に、諦めたわけじゃない。ただ、出会い、選んだだけだ。

その他大勢ではなく、何物にも代えがたい、ミルという存在を。

何があったとしても守り抜くと、そう選んだだけだ。

「俺の、俺たちの行く道は、十中八九、老若男女、貧富、種族問わず、誰もが僅かばかりの灯火《ともしび》すら惜しく感じる程の、闇が広がっているのだろう。でも、それでいい。俺は、その道を歩くと決めた。その道が、その道こそが、最終的にミルと共に笑い合える、輝かしい未来へ続いていくと信じているし、そして将来、俺は、俺たちはそこに辿《たど》り着けるだろう。いや、確実に辿り着く」

俺の言葉を受けたエレーナは、理解できないとばかりに、首を振る。

「意味が、解《わか》りません。何故《なぜ》、そんなに信じられるのです？　その考えが相手の都合のいいものだって、自分の考えですらないかもしれないとわかっていて、それでも何故、自分の考えを信じられるんですか？　その天使の、ただの家族ごっこに付き合わされているだけかもしれないんですよ？」

「だったらいずれ、本当の家族になってみせるさ」

そう言った俺の手を、ミルが珍しく強く引く。視線を下げると、更に珍しい事に、ミルが明確に不機嫌な表情を浮かべていた。

「もう、なってる」

そこで俺は思いだす。かつてシエラ・デ・ラ・ラメで俺たちの関係をエミィから家族だと言われた時、この天使は間髪容《い》れずに、それに答えていた。

……確かに今のは、俺が悪いな。

「ごめんね？　ミル」

そう言って頭を撫《な》でるが、どうにも天使の機嫌はまだ直らないらしい。視線を中々合わせてくれず、一方で頭から手を離そうとすると、一転視線を向けてくる。そうされてしまうと俺としては、苦笑いを浮かべながら天使を無限に撫で続けるしかない。

そんな俺たちの様子を見て、エレーナは心の底から、この世界で恐ろしい存在が眼前に全て集結した様な目になる。『修道女』の顔は恐怖で歪《ゆが》み、頬は引き攣《つ》っていた。

「そんな、なんで？　わ、私の方が、天使様の事を考えて、私、チサトさんだってその方

がいいはずだって、天使様の加護を、天使様のお導きが、私には――」

「じゃあ聞くけど、貴女《あなた》は何故ドゥーヒガンズにやって来たの？」

何故だか呆《あき》れた様子で俺たちを見ながら、エウラリアがエレーナに問いかける。彼女を嫌っているはずの『修道女』は弾《はじ》かれた様に顔を上げ、『聖女』に向かって口を開いた。

「だからそれは、天使のミルちゃんがこの町にいるから、私は廃墟《はいきょ》の教会で――」

「それは、ドゥーヒガンズに残っている理由、でしょ？」

エレーナの言葉を遮り、エウラリアはどんどんと言葉を差し込んでいく。

「では、質問を変えましょう。グアドリネス大陸に来る前は、どこにいたの？　どの大陸の、どこから、どうやってドゥーヒガンズに来ようと思ったの？」

「どこって、ジフェリシアス大陸からですよ。そこから歩いて、真《ま》っ直《す》ぐここまで来たんです」

「……歩いて、ですって？」

エウラリアは絶句しているが、俺も全く同じ心境だ。ジフェリシアス大陸と言えば、このグアドリネス大陸から東北方面に位置する、アブベラントに存在する大陸の中で、一番離れている大陸だ。

……そこから、歩いてきた？

その道中、どういった困難があったのかなんて、俺にはわかりようもない。だが、グアドリネス大陸へやって来るまで山を越え、海を渡る必要がある。道中鉄道や船を使わずに自らの足だけで踏破するのであれば、少なくとも十数年はかかるだろう。

天使族《エンジェル》を口にする。その三大欲求の一つに直結する妄執、妄念、そして絶滅している存在に必ず辿り着けるという狂人の妄想が重ね合わさったとするのであれば、この狂人の信仰魔法《ディバイン・マジック》は、老化の原因と言われているテロメアに作用し、結果回復薬《ポーション》と同じ効果をもたらして、エレーナの老化は既に何十年も前に止まっていると言われても、俺はあまり驚きはない。

何も言えなくなった俺たちを見て、自分の調子を取り戻したのか、エレーナは微《かす》かに笑った後、もう目的を果たしちゃいましょう、と言って、懐から短剣《ナイフ》を取り出した。

「さ、ミルちゃんを渡してください。ああ、今からミルちゃんをこの短剣で捌《さば》いて新鮮な血を飲んで、お肉を噛《か》む妄想をするだけで、涎《よだれ》がもう、止まりません！　果実のような、甘い味がするんでしょうか？　それとも、乾酪《チーズ》のように癖があるのでしょうか？　何にしても、生まれて初めて食べる天使様のお肉なんですから、一口目を焼いて食べるのは、もったいないですよね？　そう思いませんか？　チサトさん」

同意する代わりに、俺は墓地へ唾を吐き捨てる。エレーナが最初に俺たちを短剣を使って襲ってきたのは、生のミルの血肉を味わうためだったのだ。光の剣では、『聖騎士』に作ったような焼き傷が出来てしまい、生ではなくなってしまう。配慮しなくてもいい食への拘《こだわ》りに、俺は思わず眉を顰《ひそ》めた。

話をすればする程、言葉を交わせば交わす程、エレーナという狂信者の事が気持ち悪くなってくる。それは俺が一方的に彼女の事を信じていたからだというのもあるが、あの御《お》伽噺《とぎばなし》の様な理想を語っていたサフィの面影で、その彼女の脳を喰《く》らったナラヤンの様な妄言を吐くこの『修道女』の姿に、たまらなく嫌悪感を感じてしまうのだ。

俺はそれ以上口を開く代わりに、解剖刀を投げ放っていた。だがそれも、やはりエレーナの手にした光の剣で防がれてしまう。こちらの攻撃が通用しないと考えてか、『修道女』は不敵に笑った。

「無駄ですよ？　チサトさん。この力は、天使様の力、天使様が自ら私に食べられるために与えてくれた、《天使の思し召し《エンジェル・コーリング》》なんですから」

その言葉に、俺は露骨に舌打ちをした。ミルが似ていると言っていたからある程度予測はしていたが、エレーナが振るう光の剣は、やはりミルが展開する《翼》と同質のものらしい。

つまり、弾数制限がある俺が、圧倒的に不利だ。

「何をぼさっとしているんです？　天使族の隣に立つ者なら、そこに居ることを許可された者なら、そして並び立つ決意をした者なら、これぐらいの逆境、鼻歌交じりに越えてみせなさい！」

エウラリアはそう言って、周りに光の玉を生み出す。七色のそれは、弾丸のごとくエレーナへ飛来。だが『修道女』は身を捻《ひね》ってそれらを躱《かわ》し、時には光の剣で弾いてみせる。

修道服が宙に靡《なび》く中、単身回り込んでいた俺はエレーナの隙を突いて、切除《レセクション》を放っていた。

エウラリアに言われるまでもなく、この程度の障害でミルを諦めるわけがないし、そもそも俺の中で諦めるという選択肢がこの世界に存在していない。

……そもそも。今まで俺がアブベラントで経験してきた絶望に比べたら、こんなものは困難でもなんでもないしな。

だが、必中と思われた俺の一撃は、簡単にエレーナに弾かれてしまう。短剣をしまい、もう一本光の剣を生み出し、それで切除を打ち消したのだ。

「だから、無駄だって言ったのに」

憐《あわ》れみの色すら感じるエレーナの瞳は、しかし俺を捉えてはいない。エウラリアの操る球体の合間を縫うように、俺は既にエレーナの背後へ移動し、解剖刀を四本引き抜いている。ミルの光の翼と同質の力を振るえるというのなら、その数が増えるのも想定内だ。

エレーナが舌打ちをして、光の剣を振るう。それは解剖刀とぶつかり合い、金属が捩《ね》じ切《き》れる様な金切り声を上げげた。刃が砕け、その粒子を撃ち抜くように、エウラリアが七色の弾丸を駆って『修道女』を強襲。だがエレーナは二振りの光を、まるで鞭《むち》のように撓《しな》らせて『聖女』の放つ弾丸を弾き飛ばす。飛ばされた球体は俺の方へ飛来するが、身を屈《かが》めて回避。弾丸が地面にあたり、黒土が噴き上がる中、俺は切除でエレーナから距離を取ろうとするも、『修道女』が満面の笑みでこちらに向かって跳躍する。

撃ち落とされるとわかっていながら、俺は解剖刀を放つ。投擲《とうてき》されたそれらは一瞬で光の剣に掻《か》き消されるが、さらに俺が切除で跳躍する時間を稼いでくれた。骨が軋《きし》み、筋肉が悲鳴を上げる程の暴風に晒《さら》されながら、俺は光の剣の射程外へ逃れる。土煙を上げながら墓地へ降りたその場所には、ミルの手を引いたエウラリアが、こちらに挑発的な目線を向けて立っていた。

「そんなものですか？　貴方《あなた》の力は」

「まさか。射程が変わらない分、ミルよりエレーナの相手をしている方が楽だよ」

「だったら、早くあいつを――」

「ああ！　あああぁぁぁあああっ！　お前、私の天使様になんてことをしてやがるんですかっ！」

　エレーナは俺ではなく、ミルと手を繋《つな》いでいるエウラリアを見て、目を血走らせながら激昂《げきこう》した。

「売女《ばいた》の臭いが、醜悪で汚物の様な異臭が天使様に、私の食事に付いたらどうするんですか！　許せない、許せない許せない許せない許せない許せない許せないっ！」

　光の剣を抱きしめるように、エレーナは体をくの字に曲げる。唾を飛ばしながら、狂ったように唸《うな》る『修道女』の手に握られていた剣は、次第にその姿をなくしていき、代わりに彼女の背中から、あるものが生まれ始めた。

　それは、翼だった。

　エレーナの背中ら、巨大な光源が溢《あふ》れ出す。

「安定状態解除《スリープモード》。殺戮武装《ジェノサイド・ウェポン》、《翼》の展開を実行——成功《サクセス》。両翼を展開します」

『修道女』の背中から、眩《まばゆ》い光の翼が咲き誇る。その光は紛れもなく、ミルが振るう天使族としての力の象徴。《翼》以外に他ならない。しかもエレーナは、それを左右に展開していく。初めて十全に広げられる両翼を前に、俺は僅かに唸り声を上げた。

……狂信の結果、天使族そのものの力すら模倣するのかよっ！

光の翼が展開されている、その様子を俺と共に見つめていたエウラリアが、こちらを一瞥《いちべつ》してつぶやいた。

「射程、変わるみたいだけど、頑張って」

「その原因を作ったのはお前なんだから、今まで以上に協力しろよ！」

「……仕方ないわね」

そう言ってエウラリアは、新たに虹色の弾丸を宙に生成する。元々暗殺対象だった『聖女』と暗殺者《俺》の共闘という、摩訶不思議《まかふしぎ》な事象が共同墓地で発生した瞬間だった。

そしてそのエウラリアの言葉を合図にしたように、エレーナの瞳孔が極限まで開く。更にそれに合わせて出力を上げた光の翼が、空を断たんばかりに垂直に立ち上がった。

そして、それらが振るわれる。

存在するだけで目が焼けそうな程の光源に対し、俺とエウラリアが対峙《たいじ》。右翼へは俺が解剖刀《メス》を投げ放ち、左翼にはエウラリアが球体をぶつけて、それぞれ弾く。爆風が起きて、砕けた墓石たちが突風で何処《どこ》かへ吹き飛ばされる。撓《たわ》むように弾かれた翼の間を、俺は地面を蹴って疾駆していた。はずなのだが、既に眼前に光の翼が迫っている。

身を捻り、切除で逃げ出そうとするも、左右の翼はそれらが意思を持った獣のように、俺に向かってその牙を伸ばしてくる。こちらを追跡するそれらから土だらけになるのを厭《いと》わず回避を選択している俺に向かい、視界の端に入ったミルが小さくつぶやいた。

「ワタシも、手伝う？」

その言葉に、俺は強引に口角を吊《つ》り上げながら、首を振って答えた。

確かに、同じ天使族のミルに手伝ってもらう方が、勝率は上がるだろう。

だが、それではドゥーヒガンズで確認される光の翼は、三つになってしまう。二つはエレーナのもので、では残りの一つはどうなっているのか？　と訝《いぶか》しむ人もいるだろう。ここを乗り切ったとしても、その後ミルとの生活が崩れてしまうのであれば、意味がない。

……それに、いい予行練習になるしな！

ミルの翼も、いずれその両翼が展開される状況が訪れる可能性は、既に考えていた。そうなった場合、俺は彼女の傍《そば》にいるために、それを乗り越えられる力が必要となる。彼女に守られるだけの存在ではなく、俺は天使と並び立つ暗殺者《アサシン》なのだから。

エレーナが振るう二振りの絶望的な暴力へ、俺は解剖刀を抜き放って迎え撃つ。

死の意味を突き付ける死神の刃が、天使の翼を模倣した狂信者の妄執と激突。金属が捩じ切れるような金切り音と紫電が発生。雷光が迸《ほとばし》り、紅電が弾けて、雷帝を思わせる雷霆《らいてい》が、雷光を振りまきながら死者が眠る墓地を縦横無尽に駆け巡る。墓石が砕けて土が抉《えぐ》れ、そこから粉微塵《こなみじん》となった白骨が舞い上がり、四散した腐肉が延焼しながら消し炭となっていく。

放った解剖刀たちが粉砕され、粒子へと変えられていくのを見ながら、エレーナの《翼》を身を捩《よじ》って躱し、宙を駆け抜けながら避けて、俺は『聖女』と天使の隣へ着地した。どうしても後数手、両翼相手だと及ばない。

……業腹だが、今はまだ、俺一人の力ではあの両翼を止めるのは難しいか。

何事にも、出来る事と出来ない事はある。ここは素直に、共闘相手の力を借りる事にした。

「次の攻撃で決める。俺に合わせろ、エウラリア！」

「偉そうに。失敗したら、ただじゃおかないわよっ！」

『聖女』が言葉を言い終える前に、エレーナの光の翼が俺たちを射貫《いぬ》くように放たれる。それを睨《にら》みつけ、いずれは俺一人だけの力で、という想《おも》いを込めながら、俺は左右四本ずつ、エレーナの両翼へ解剖刀を投擲。だが、同時にではない。時間差をつけて、八本の死神の刃が光の翼へと迫っていく。

こちらに迫る翼と、解剖刀が激突。八つの金属を引きちぎったような破裂音が、断続的に響く。徐々に軌道をずらされた翼は、俺の髪を掠《かす》めるようにこちらの側頭部を通過した。鼓膜が破れんばかりの衝撃と熱で、頬が引き攣《つ》る。だが、そんな事に構っている場合ではない。

既に回り込んだ翼が、俺を抱きしめるように背後に迫っている。

俺を圧殺、延焼させようとする光の翼は、しかしその動きを止めた。エウラリアが操る、七色の球体がその動きを阻んだのだ。だが、それも一瞬。弾丸が弾《はじ》かれ四方に飛び散り、地面の土が盛大に爆《は》ぜた。瞬《まばた》きするより早く、二翼の光は俺に向かって猛威を振るわんと迫りくる。

しかし、俺が新たに切除を放つには、その刹那の時間がどうしても必要だったのだ。

そして俺は、既にエレーナに向かって、先ほどと同じ様に解剖刀を四本、投げ終えている。死の意味を内包した解剖刀が、『修道女』の方へ向かい、宙を駆け抜けていく。

だが次の瞬間には、エレーナの前に太陽の如《ごと》く光り輝く両翼が自らの発生源を守るために戻っていた。光の翼が、『修道女』を抱きしめるように、貝がその身を守るように、包んでいる。

……それがどうしたっ！

その翼を射貫かんばかりに、俺の放つ二本の解剖刀が飛来。接触。激突しながら、火花を散らす。紫電と紅電が空気中の大気を食い破るように走り、翼が僅かに揺れた。だが、解剖刀が入るような隙間はない。

そこに、三本目の解剖刀が着弾する。だが、切除が発動したのは翼に対してではない。

エレーナが立っている、地面の方だ。

解剖刀が砕け、地面が抉り取られる《殺される》。急に宙へ放り出されたような形になったエレーナは、重力に身を任せたように落下するしかない。足場がなくなったため、『修道女』は体勢を崩す。貝のように合わさっていた光の翼に、ずれが生じた。

それは、本当に僅かに出来た、隙間だった。

しかし、そのほんの僅かな隙間であっても。

殺意の込めた刃が駆け抜けるには、十分過ぎる程の大きさだった。

光の翼、その両翼の加護の間をすり抜けて。

必殺の一撃が、エレーナの心臓を射貫いた。

その瞬間、エレーナが生み出した光の翼が、まるで硝子《ガラス》が砕け散るようにして飛び散る。羽根が抜けて散り散りになった様な光の翼は、宙に稲妻を走らせ、最後は雪が地面に落ちて溶けるように、消えていった。電子の羽が掻き消えていく中、エレーナはその口から血を吹き出しながら、俺が切除で作った穴の中に沈んでいく。その直前、彼女の手がミルの方に伸ばされたような気がしたが、相変わらず天使の少女は、無表情に落ち行くエレーナを見つめているだけだった。穴にエレーナが落ちると、その衝撃で土が溢れ、その姿が見えなくなる。

天使の肉を求めた狂える『修道女』は、その食欲を満たすことなく、無言で墓地の中に眠りにつくこととなった。

「後で、聖水《ホーリーウォーター》ぐらいは撒《ま》いてやった方がいいんだろうな」

「そうね。もう一度墓の中から這《は》い出されても、困るしね」

嘆息しながら、ミルと手を繋いだエウラリアが俺の隣にやって来る。俺に近づくと、ミルはエウラリアから手を離し、すぐに俺の傍までやって来て、手を握った。その光景を見て、『聖女』は苦笑いを浮かべる。

「あら。私《わたし》は嫌われちゃったかしら」

「本性隠してた奴《やつ》を、そうそう信じられるかよ。そっちがお前の素なのか？」

「ええ。神殿の『聖女』ともなると、それなりの振る舞いを求められるのよ。特に『聖騎士』たちには、あまり上の考えとか知らせてないし。でも、猫を被《かぶ》るのは肩が凝って好きじゃないのよね。貴方もそうでしょう？」

「……まぁ、それは同意出来るな」

「それで、どうするの？」

エウラリアにそう言われ、俺は首を傾《かし》げる。

「どうする、とは？」

「決まってるでしょ？　この後の事よ」

そう言うと、エウラリアの周りに七色の球体が集まってくる。彼女は俺を、冷たい目で見つめていた。

「また、私を殺そうとするの？」

「……何のことだ？」

そう言うと、エウラリアは俺を鼻で笑った。

「五角を持つ雄牛《クィノタウルス》へ向けた、あの攻撃。もう一拍早くできたでしょ？」

その言葉に、俺は内心舌を巻く。確かにあの時、俺は解剖刀を投げるのをためらった。

「一拍早く攻撃出来ていれば空間を抉る形で技能《スキル》を使う必要もなく、私たちも魔物《モンスター》の血で汚れることはなかったわ」

「酷《ひど》いことを言うな。俺はあの時、全力で——」

「貴方なら、出来るわよ。今の戦闘を見ていて、確信した。あの協会の人間がどう動くのか、探るためかしら？　天使族《エンジェル》の危機でもあったのに、随分と綱渡りをするのが好きなのね。破滅願望でもあるの？」

俺は思わず、苦笑いを浮かべる。どうやら、戦闘を観察していたのは俺だけではなかったらしい。

「安心しろ。そんな願望、持ち合わせてはいないよ。だからあんたも、今は殺す気はないさ」

「あら？　つまり、これから殺す気になるかもしれないってこと？」

俺の周りを、球体が回り始める。さらに視線の温度を下げたエウラリアが、口を開いた。

「流石《さすが》、することが姑息《こそく》ね。秘密を守るために、死体を別の場所に移すだなんて考える人は。血も涙もない。死体漁《したいあさ》りって言われているのも、理解できるわ」

俺はただ、苦笑いを浮かべ続けることしか出来ない。

「……なるほど。やっぱり、気づいていたか」

「当然じゃない。話して欲しい死者が、貴方《あなた》の墓地にはいなかったんだもの」

エウラリアの言う通りだ。俺の共同墓地に、ニーネの遺体は存在していない。


今頃ニーネの遺体は、ジェリケ・デ・グラーフの下へと向かっている。


そう、息子のトゥースを殺され、イオメラ大陸のロットバルト王国で再会した、あの『商業者』だ。

エレーナと出会ったあの日の朝、俺は彼に手紙で連絡を取っていたのだ。その結果、すぐにでも息子の遺体を引き取りたいと、そういう返事を昨晩もらっていた。

だから今朝、送ったのだ。トゥースの遺体として、ニーネの遺体を。

……共同墓地に司法解剖後のトゥースを埋めてしまえば、腐敗した屍肉《しにく》からジェリケの息子の亡骸《なきがら》を判断出来ないって、依頼を受けた時からわかってたからな。

それでも俺は、あの獣人《セリアンスロープ》の少女の遺体は、掘り起こしてすぐに見つけることができた。他の捌《さば》いた死体とは違い、焼死体となっていたというのも、その理由の一つだろう。

だがそれ以上に、俺はずっと、聞こえていたのだ。見えていたのだ。あいつの声が。あいつの腕が。

ニーネを殺してから、彼女の存在を忘れたことなんて、俺はなかった。怨霊であっても、悪霊であっても、あいつの存在を感じられるのなら、それは俺にとって幸いだった。

何より、彼女は俺にとって、ミルと共に歩むための、その原点を思い出させてくれたのだ。感謝こそすれ、恨むような事なんて、何一つ存在しない。

……でも、もう今は、君の事を何も感じないよ、ニーネ。

「貴方、ニーネっていう冒険者の遺体、どこに隠したの？」

エウラリアにそう問われ、俺は思わず肩をすくめる。

「ここより、随分マシな所だよ。少なくとも、俺の共同墓地よりは遥《はる》かに魂も安らげる場所さ」

「そんないい場所があるなら、最初っからそっちで弔ってあげればよかったじゃない」

「……俺じゃ、出来なかったんだよ」

たとえ死体《体》がどうなろうとも、犯罪者共と同じ穴に埋められるより、ジェリケが復讐《ふくしゅう》に走るほど溺愛していた息子に用意する墓の方が、あいつの魂も安らげるだろう。弔いも、きちんとした形でしてもらえるはずだ。

……やっぱり、俺の共同墓地じゃ、あいつは死んだ後、ゆっくり眠れなかったんだな。

でも、そう考えるだけで、俺は死んだニーネを冒瀆《ぼうとく》しているのだろう。

全ては、俺の自己満足だ。あんなに冷たく、暗く、寒い墓地じゃない所に、もうこの世界に存在していないニーネだったものを、これを機にもっとマシな所に送ってやりたいって考えてしまうだなんて。

……そもそも、直接手を下し、その後遺体まで捌いた俺が、今更あいつに何か出来るわけがないはずなのにな。

それ以前に、死んだ人に、生きている人が出来ることなんて、ありはしない。エウラリアであれば死者と会話が出来るらしいが、出来てもきっと、それが限界。やっぱり全部、ニーネにしてきた事は、俺が彼女の幻聴を聞いていた事など全て含めて、俺の自己満足だ。

何事にも、出来ることと出来ないことがある。

だからこれが俺の、精一杯だ。

もう声も聞こえず、姿も見えなくなった、存在を感じなくなってしまったあの少女にできる、俺の自己欺瞞《じこぎまん》に満ちた、精一杯。

そうだ。人殺しの、暗殺者《アサシン》の才能に塗《まみ》れた俺に出来るのは、ミルの傍《そば》にいて、彼女の笑顔を守ることだけなのだから。

俺の言葉に首を傾げるエウラリアへ、今度はこちらが口を開く。

「だが、大したもんだな。共同墓地には、それこそ老若男女、善人悪人問わず眠っているのに、一瞬で気づくとは」

「『聖女』ですもの。当然よ」

「なるほど。『聖女』っていうのは、《妖術師《ウィッチクラフト》》でも務まるのか？」

俺の言葉に、エウラリアの表情が固まる。

妖術師。それは、《魔法》の中でも死霊呪法《ネクロマンス・カース》に特化した《天職《クラス》》だ。『幸運のお守り』事件を起こしたイマジニットも、妖術師だった。

「ずっと、先入観に囚《とら》われてたよ。神殿の『聖女』様。清廉潔白の、博愛主義者。死に関する魔物討伐の逸話が多いと聞いていたから、《天職》はさぞ信仰心に厚い巫覡《シャーマン》辺りだと思っていたんだが、な」

「……どこで気づいたの？」

「お前の使っている、この《魔法》。色の移り変わりが、『幸運のお守り』そっくりだったんでな。死者の魂を媒介にしてるんじゃないか？って、そう考えたんだよ」

そうなると、俺がエウラリアを暗殺しようとした際、彼女が《魔法》を使わなかった理由もわかる。あの森はグアドリネス大陸の端、海岸沿いの森だった。そのため、《魔法》の媒体となる人の魂、あの場で死んだ死体がなかったのだ。

つまりエウラリアは、魔法を使いたくても、使えなかったのだ。

そういう意味でいうと、エレーナに襲撃された際、ガイウスがエウラリアの身の安全を確信していたのも頷《うなず》ける。ここは墓地で、死者が眠る場所だ。エウラリアの《魔法》に必要な死者の魂は、無数に存在する。

俺の言葉を聞いたエウラリアは、露骨に舌打ちをした。

「やっぱり、先に『幸運のお守り』の実物を確認しておくべきだったわね。効果は聞いていたから、『呪術具』の類だっていうのはわかっていたのに。もう少し時間をかけて動いていたら、私も《魔法》の使い方を工夫できたかもしれないのに」

「さて、互いの反省会が終わったところで、そろそろ教えてくれないか？」

俺は僅かにミルと繋《つな》ぐ手に力を込めて、言葉を紡ぐ。

「お前、ミルが天使族だと、ドゥーヒガンズに訪れた時から知っていたな？」

エレーナとの戦闘中、エウラリアが話していた言葉の数々。あれは、明らかにミルを天使族だと確信していなければ出て来ないものばかりだった。いや、今思えば、冒険者組合《ギルド》で話していた時も、エウラリアはミルを、ミルと俺の関係性を気にしていた。

……あの時エウラリアは、ミルが俺に想像していたよりも懐いていると、そう表現した。

子供が懐くという表現もあり得るが、俺とミルがずっと一緒に行動を共にしていたという情報を知っていたのに、その表現は少し違和感がある。

……だが、エウラリアがミルの事を最初から天使族だと認識してたと仮定するなら、辻《つじ》褄《つま》が合ってくる。

つまりエウラリアは冒険者組合で、想像していたよりも天使族《ミル》が人族《俺》に懐いていると、そう言ったのだ。

俺に問われたエウラリアは薄く笑うと、こちらの方を真《ま》っ直《す》ぐ見つめてくる。

「ええ、そうよ。むしろ私が今回ドゥーヒガンズへ赴いた一番の目的は、天使族の確認と回収だったんだもの」

そう言われ、俺はエレーナが露骨にエウラリアを毛嫌いしていたのを思い出した。あの狂える『修道女』は、自分の信仰魔法《ディバイン・マジック》で彼女から天使を引き離す敵として、『聖女』の事を認識していたのかもしれない。

そんな、既に聞くべき相手が死んでいる、かつエレーナ自身が自ら《魔法》を使っている認識がないため確かめられないという事を考えている俺を置いておいて、エウラリアは更に言葉を紡いでいく。

「でも貴方たちの関係を見ていると、無理に引き離して神殿に連れて行かない方が良さそうね。神族《ディイエティ》の研究にも支障が出そうだし、私が上手《うま》く取り成しておきましょう」

「待て！　神族と天使族は何か関係があるのか？　神殿は何を知って――」

そこで俺は、エウラリアに人差し指を唇に押し当てられ、口を封じられる。彼女の視線を追うと、その方角から何か声が聞こえてきた。ジェラドルが、冒険者組合から応援を連れてきたのだろう。

「この話を他の方に聞かれるのは、チサト様も不都合でしょう？　『聖騎士』たちを失った以上、私はすぐに宝貝神殿《カラコル》へ戻ることになります。全てを知りたいのでしたら、是非、神殿の門を叩《たた》いてください。もちろん、無理強いは致しません」

そしてエウラリアは一言、俺の耳元でつぶやくと、ジェラドルたちの方へ向かって歩いていった。だが俺は、ミルに手を引かれるまで、その場に突っ立っていることしか出来なかった。

去り際、エウラリアは俺に、こう言ったのだ。
私《わたくし》たちは、貴方たちを助ける用意があります、と。

終章

夜風の寒さに身を晒《さら》しながら、俺は薪《まき》を並べていく。家の中から、洋灯《ランプ》を手にしたミルがこちらへやって来た。

「わすれもの、たぶん、ない」

「そっか。ありがとう、ミル」

そう言って俺は革袋を担ぐと、並べ終えた薪全てに行き渡るように油をかけていく。その範囲は、家をぐるっと、丁度一周するものだった。

ミルから燐寸《マッチ》を受け取り、擦《す》って火を起こす。揺れる炎を見ていると、俺がこの世界にやって来た時の事が走馬灯のように思い出された。

師匠との出会いに、自分の才能に対しての絶望。

それを否定したくてアブベラント中を回り、フリッツを始めとした悲劇の連続。

失意に暮れてドゥーヒガンズに戻り、死人同然で生きていた日々。

そして地下迷宮《ダンジョン》での、ミルとの出会い。この天使と出会って、俺は自分の生きる意味を見つけることが出来た。この世界で俺が生きていく原点。それが、ミルだ。

そこからは『復讐屋』として、ファルフィルに金を返しながらなんとか生きてきた。イマジニットが起こした事件や、マリーとの再会。人の欲に、すれ違う不条理。そういったものを山ほど見てきたけど、全てミルと共に乗り越えてきた。

そして今、俺はこの天使のために新しい可能性に出会った。

……天使族《エンジェル》の事を知る、神殿。

もちろん、天使族については、調べられるだけ調べ尽くしていた。だがその殆《ほとん》どは詳細不明という結果で、情報はないに等しい。だから正直、俺はミルの、天使族という事柄についてほぼ知らない。

今までは、それで良いと思っていた。

ミルが傍にいてくれさえすれば、それでいいと。

彼女のために生きられるのであれば、それでいいと、本気で思っていた。

……でも、それだけじゃ駄目なのかもしれない。

何《いず》れにせよ、神殿はミルが天使族であると把握している。エウラリアはミルを俺から引き離す気は今のところはないらしい。だが彼女の話しっぷりから察するに、神殿内でも情報規制がなされている。それはつまり、あの組織が一枚岩ではないという事を意味していた。エウラリアの派閥は問題ないかもしれないが、他の連中の考えは、今の所全くの不明。その一方でこちらの所在を知られている以上、俺たちはすぐにでも、ドゥーヒガンズから離れる必要があった。

俺は手にした燐寸を、薪へ焚《く》べる。油に引火し、一瞬にして家の周りが火の海になった。

ドゥーヒガンズの東側。墓地に近いこの場所で、周りの建造物は何もなく、他の建物に引火する心配もない。翌朝にはこの炎が家中を焼き切り、俺たちがいた痕跡を全て消し去ってくれるだろう。俺たちは何の気兼ねもなく、この場所を立ち去ることが出来る。

「それじゃあ、行こうか、ミル」

小さく頷いた後、俺の手を握るミルが、問いかけてきた。

「どこにいくの?」

「……とりあえず、遠くの方、かな」

正直、まだ宝貝神殿へ向かうかも決めていない。家を燃やして旅立つのも、神殿に知られている場所を消す必要があるという、必要に迫られたものだからだ。

俺はミルと共に、ドゥーヒガンズを離れ、開拓者街道《パイオニアレーン》方面へと歩みを進めていく。行き先は決めていないが、心の在り方だけは決めていた。

俺は、ミルの傍にいる。彼女の笑顔のために、この天使と並び立つために、それを邪魔するものは全て屠《ほふ》ってみせる。

今でも忌み嫌っている暗殺者の才能も、時折揺さぶられて揺れ動く感情も。

この才能も感情も、捧《ささ》げる先はただ一つ。

「チサト」

「どうしたの?　ミル」

「だいじょーぶ」

「……何がだい?　ミル」

「チサトにはワタシがいる」

そう言って、ミルは天使のような笑みを浮かべた。

その笑みを見ながら、俺も口角が僅かに緩む。


彼女の笑みを守るために、ミルの傍《そば》に居続けるために、俺はこれから先、まだ見ぬ誰かを殺すのだろう。天使の微笑《ほほえ》みを見続けるために、進むと決めた道を一歩、また一歩と歩んでいく度に、屍《しかばね》の山と鮮血の川を生み出し続けていくのだろう。

俺がこの世界で、自分の望みの一端も叶《かな》える事が出来ない俺が見つけた、望みと呼ぶには仄暗《ほのぐら》く、それでも、それがなければ歩いていられない灯火《ともしび》の様なもののために。

けれどもその篝火《かがりび》に照らされる道は、それでもきっと仄暗く、死の臭いが充満する闇の中なのだろう。それでも俺は、俺に捌《さば》かれ、漁《あさ》られ、暴かれた彼らに背を向けながらも、その道を歩いていくと決めたのだ。

俺のその決意は、この世界を殺し尽くす事と同義であると知っていても、悪そのものの俺が選ぶには、上等すぎるほどの闇《光》だから。

だからこそ俺たちは、共に並び、歩んでいくことが出来る。

どちらか片方が寄りかかるのではない。崇拝する対象として、一方的に信奉する様な関係なんかじゃない。

共に居る事すら疑われるこの天使の隣には、この世界を殺し尽くすと言われた暗殺者《アサシン》である俺しか、きっと並び立てない。

……そんな僕たちだから、天使と暗殺者は互いに並び立ち、補い合う誓いを、相互補完関係という契約を結べたんだよね？　ミル。

そして僕はまた、今日という日が終わる逢魔時《おうまがとき》を天使と共に迎える事となる。ミルと並んでこうした光景を眺めるのは、もう何十、何百、何千回目になるのだろうか？　それすらわからない程、僕はずっと、ミルと一緒の時間を過ごしている。

そしてまた。

もう何時間もすれば、新しい日がやってくるだろう。

僕がやってきた異世界、アブベラントの一日が。

ミルが風に髪をなびかせながら、僕の手を握る。

「いこう、チサト」

それを見て、暗殺者《僕》は黄昏《たそがれ》に笑った。

あとがき

はじめましての方ははじめまして。お久しぶりの方はお待たせいたしました。メグリくくるです。

本シリーズでオーバーラップ文庫さんからデビューさせて頂き、早いものでもう一年が経《た》ちました。そして三巻を出すまで一年以上お時間を頂いてしまい、読者の方々には本当にお待たせしてしまいました。申し訳ありません……。

本作をお読みの方は既にご存じかと思いますが、チサトとミルの物語はひとまず一区切りとなります。

一区切りといっても二巻で告知させて頂いた通り、本シリーズのコミカライズは継続して続けさせて頂きます。本作が発売される頃には、何かしら新たに告知がされている？と思います。コミカライズは、小説とはまた少し違う味があると思います。

私も微力ながらコミカライズの方にも携わらせて頂いておりますが、非常に素晴らしいものとなっていると思います。

小説をお読みの読者の方々にも楽しんで頂けるものになっていると思いますので、コミカライズの方も、是非継続してお読み頂けると幸いです。

一巻二巻をお読みの方はおわかりだと思いますが、私はわりとあとがきが謝辞で埋まってしまいがちなタイプで、今回もどうやらそうなってしまいそうです。

イラストを担当頂いた岩崎美奈子さん。今回も本当に本当に素敵なイラストをありがとうございます！　デビュー作を岩崎さんのイラストで飾って頂けて、本当に光栄でした。

そしてデビューからお付き合い頂いている担当編集のOさん。本作もいつも以上にご支援頂きありがとうございました。今後とも何卒《なにとぞ》よろしくお願いいたします！

また、本作を世に出すにあたりご協力頂いた編集部の方々、校正さん、その他私の知らない所でご尽力頂いた多くの皆様に改めて多大なる感謝を。本当にありがとうございます！

そして最後に、稚拙な本書を手にとって頂いた読者の皆様に最大級の感謝を。

一巻発売時に全文試読本企画をさせて頂いたのですが、皆様から頂いたコメントの内容を、一語一句全てというわけではありませんが、三巻にも多分に反映させて頂きました。デビュー当時、海の物とも山の物ともつかぬ拙作にコメントをお寄せ頂いた方々へ私が出来ることは何かと考えた結果なのですが、一巻からお読み頂いた方々が少しでも楽しんで頂けたのでしたら、これ以上嬉《うれ》しいことはありません。

本作を書き上げるに当たり、初心忘れるべからずではありませんが、デビュー当時の気持ちを思い出すために一巻二巻を何回も何回も読み返しました。自分で言うのもなんですが、本作はあまり優しい世界観ではなく、流行《はや》りのジャンルかと言われるとそうではないお話です。そんな本シリーズをコミカライズまで続けさせて頂けたのは、読者の皆様を始め、多くの方々に支えられていたからだと、改めて痛感しました。

皆様からのご支援には、本シリーズのコミカライズを含めて、継続して読者の方々に楽しんで頂ける物語を書き続けることで返していきたいと思いますので、引き続き応援して頂けますと、本当に本当に嬉しいです。

次回読者の方々にお目通りさせて頂くのは、別シリーズになるかと思います。

そちらも本シリーズに負けず劣らず、皆様に楽しんで頂けるよう尽力してまいりますので、そちらでも引き続きお付き合い頂けますと幸いです。

メグリくくる

OVERLAP

暗殺者は黄昏に笑う 3

発　　行　2023年7月25日　初版第一刷発行

著　　者　メグリくくる
発 行 者　永田勝治
発 行 所　株式会社オーバーラップ
〒141-0031　東京都品川区西五反田 8-1-5
校正・DTP　株式会社鷗来堂
印刷・製本　大日本印刷株式会社

Printed in Japan　ISBN 978-4-8240-0554-0 C0193

第11回 オーバーラップ文庫大賞
原稿募集中!
イラスト：じゃいあん
【締め切り】
第1ターン 2023年6月末日
第2ターン 2023年12月末日
各ターンの締め切り後4ヶ月以内に佳作を発表。通期で佳作に選出された作品の中から、「大賞」、「金賞」、「銀賞」を選出します。
その物語は、
きっと誰かが
好きな物語。
【賞金】
大賞…300万円
(3巻刊行確約+コミカライズ確約)
金賞……100万円
(3巻刊行確約)
銀賞………30万円
(2巻刊行確約)
佳作………10万円
投稿はオンラインで! 結果も評価シートもサイトをチェック!
https://over-lap.co.jp/bunko/award/
〈オーバーラップ文庫大賞オンライン〉
※最新情報および応募詳細については上記サイトをご覧ください。
※紙での応募受付は行っておりません。